김누아의 가설

김누아의 가설

© 2025 길상효 김정혜진 문이소 청예

초판 인쇄 2025년 2월 10일 **초판 발행** 2025년 2월 21일

글쓴이 길상효 김정혜진 문이소 청예 **엮은이** 송수연 **책임편집** 김지수 **편집** 엄희정 원선화 이복희 **디자인** 신수경
마케팅 정민호 서지화 한민아 이민경 왕지경 정유진 정경주 김수인 김혜원 김예진
브랜딩 함유지 박민재 김희숙 이송이 김하연 박다솔 조다현 배진성
저작권 박지영 형소진 오서영 **제작** 강신은 김동욱 이순호 **제작처** 영신사
펴낸곳 (주)문학동네 **펴낸이** 김소영 **출판등록** 1993년 10월 22일 제2003-000045호
주소 10881 경기도 파주시 회동길 210 **전자우편** kids@munhak.com
홈페이지 www.munhak.com **카페** cafe.naver.com/mhdn
북클럽 bookclubmunhak.com **트위터** @kidsmunhak **인스타그램** @kidsmunhak
대표전화 (031)955-8888 **팩스** (031)955-8855
문의전화 (031)955-3576(마케팅) (02)3144-3242(편집)

ISBN 979-11-416-0917-7 03810

길상효
김정혜진
문이소
청예

김누아의 가설

문학동네

지구살이 한국편
투두리스트

문이소

문
이
소

2017년 「마지막 히치하이커」로
제4회 한낙원과학소설상을 수상했다.
단편집 『내 정체는 국가 기밀, 모쪼록
비밀』, 경장편 『다꾸의 날』을 썼고, 앤
솔러지 『우주의 집』『마구 눌러 새로
고침』『태초에 외계인이 지구를 평평
하게 창조하였으니』『희망의 질감』
『외로움의 습도』 등에 참여했다.

눈부신 햇살을 가르며 케네디 우주센터에 도착한 그들은 아득한 천상에서 강림한 신의 자녀들 같았다.

화성에서 태어나고 자란 진(眞) 화성인 청소년 스물한 명으로 구성된 '지구-화성 미래세대 교류단'이 왕복선 '무궁한 평화호'에서 내릴 때, 90억 지구인은 일상을 멈추고 환호했다. 나도 교류단 한국 사무국에서 다른 지구 측 호스트들과 함께 실시간 중계를 봤다.

진 화성인, 그러니까 '찐'은 모두 외모가 출중했다. 운동선수처럼 건강미가 넘쳤고 이목구비 생김새도 매력적인 데다 피부마저 잡티 하나 없이 고왔다. 말 그대로 이 세상 것이 아닌 천상계의 아름다움이었다. 유전자 선별 출생의 성과라며 비아냥거리는 사람도 있지만 지구 청소년 100명 중 101명이 찐을 부러워했다. 찐은 물려받은 유전자부터 진짜 찐이기 때문이다.

찐의 생물학적 부모는 화성 테라포밍을 성공시켜 화성 자치구를 만든 개척자 세대다.

화성 개척용 건설 장비와 각종 로봇을 관리할 초엘리트 공학자와 과학자, 쿼드러플 보드 의사, 구호구조 스페셜리스트, 금성에서도 온열 찜질기를 판매할 수 있는 전략가, 행정가와 기록관리 전문가 등으로 지구 대표급 능력자들이었다. 모두 다 신체 건강은 물론 이타성과 헌신성, 희생성을 포함한 인성 척도 전 분야에서 최고 등급을 받은 완전무결한 인재들이었다.

개척자 세대는 자신들의 유전자를 첨단 기술력으로 정교히 다듬고 결합하여 진 화성인 1세대를 탄생시켰다. 최초로 지구 밖에서 태어난 아기들은 지구의 전폭적인 지원과 개척자 세대의 지고지순한 애정을 받으며 무럭무럭 자랐다. 평균 아이큐가 180이라나. 앞으로 화성 내 인간 거주 구역 확장과 심우주 탐사 지휘를 맡을 인재로 철저하게 교육받은 우주적 엘리트들이다. 그런 그들 중 한 명을 내가 담당하게 된 거다. 맙소사, 내가 '대(對) 화성 민간 외교관'으로 뽑힐 줄이야!

경쟁률 16만 대 1.

'지구-화성 미래세대 교류단'에 참여할 한국 청소년 대표 여덟 명을 선발하는 데 130만 명 가까이 지원했다. 한국에 살고 있는 청소년은 다 지원한 셈이다. 각국의 청소년 대표는 화성인 게스트가 자국에서 좋은 추억을 만들도록 돕는 역할을 한다. 편의상 호스트라고 부르는데, 정식 명칭은 '지구-화성 미래세대 교류단 대 화성 민간 청소년 외교관'이다.

지원서를 쓸 때 난 소속 학교를 검색하여 입력하는 칸에 '소속 없음'을 찾아 넣어야 했다. 아쉬웠다. '독립 중'이 있어야 하는데 말이다. 성별도 남성, 여성, 밝히지 않음만 있었다. 그래서 '찾는 중'도 있어야 합니다, 라고 자기소개 동영상에서 말했다. 자기소개 동영상은 강서 습지생태공원에서 20세기식 필름 카메라 스타일로 찍었다. 우리 동네에서 제일 예쁜 곳을 보여 주고 싶어서 찍었는데 영 별로였다. 망한 것 같아 안 내려다가 열심히 찍고 편집한 게 억울해서 냈다. 근데 이게 덜컥 뽑힌 거였다!

사무국에서는 지원자가 너무 많아서 복권 추첨하듯 무작위로 뽑았다고 했다. 아무럼 어떤가. 망했다고 혼자 창피해하며 안 냈다면 호스트로 뽑힐 일도 없었을 터다. 나 말고 다른 호스트들은 스펙이 어마어마했다. 국제 로봇 경진대회 입상자와 국악 콩쿠르 판소리 부문 우승자도 있었다. 솔직히 쫄렸다. 그래서 호스트 역할은 진짜 제대로 하려고 단단히 마음먹었다.

교류단 사무국에서 하는 호스트 교육은 몹시 지루했다. '여러분의 태도가 한국의 문화다' '여러분이 미래 화성 무역의 교두보다'와 같은 훈화로 세뇌될 지경이었다. 찐에게 예의 바르게 대하고 그들의 요구가 불법적인 것만 아니면 다 들어주되 당당하고 품위 있는 태도를 유지하라고 했다.

한국에 방문할 찐은 모두 세 명, 2주 동안 머물 거라고 했다. 첫 일주일은 셋이 호스트들과 함께 전국을 순회하며 여러 연구소를 견학하고 다음 일주일은 선정된 호스트 집에 머물면서 지구인의 일상을 경험하는 '홈스테이'를 할 예정이라고 했다. 난 두 프로그램 중 홈스테이에 지원했다. 홈스테이는 호스트 가족의 협조에 감사하는 뜻으로 사무국에서 공로상을 줄 수도 있다고 했다. 공로상, 공을 세웠다는 뜻 아닌가. 멋지고 든든한 이름이었다. 이게 있으면 진학이든 취업이든 방황이든 뭘 하든 안심이 될 것 같았다.

우리 집에서 지낼 찐은 '고요한 밤의 미소' 이세 한 로이, 말수가 적은 열여덟 살 동갑내기 여자아이다. 단아하고 우아한 미소한 번으로 지구를 정복한 장본인이다.

찐들은 지구로 오는 동안 우주에서 이런저런 영상을 만들어 지구 청소년들과 소통했다. '붉은 행성의 플라타너스' 레오 진이 방송하는 화성 식물학 브이로그 때문에 청소년들 희망 직업 톱 5에 식물학자가 들어갔다. '방황하는 별빛의 목소리' 멜키 코헨의 노래는 전 지구에서 24시간 내내 재생되고 있다. '춤추는 별 먼지' 다니엘라 비킹구르가 우주선 저중력 공간에서 흰 천을 펄럭이며 춤추는 영상은 공개한 지 3분 만에 천억 뷰를 달성했다. 그렇게 찐들은 자신의 특기를 살려 팬덤을 관리했다. 하지만 이세는 뭘 하질 않았다. 어쩌다 단체 영상에 나와도 어색한 듯 살포시 미소만 지었다. 그런데도 존재감이 압도적이었다. 고대 신화 속 천신인 양 신비로운 데다 어떤 오묘한 비밀을 간직한 느낌이랄까.

한국에서 이세의 인기는 특히 더 대단했다. 지구 도착 기념 인터뷰에서 언어통번역기 없이 유창한 한국말로 "제 모계가 한국계거든요, 외할머니 고향 석모도에 꼭 가 보고 싶어요."라고 했기 때문이다. 그 인터뷰가 나간 뒤 석모도에 방문객이 너무 많이 와서 지반이 1센티미터 가라앉았다는 우스갯소리가 돌았다. 그 이세가 우리 집에 오는 거였다!

꼬박 한 달 동안 가사 로봇과 함께 대청소를 했다. 집 안 구석구석은 물론 벽과 천장까지 쓸고 닦았다. 내 짐은 엄마 방과 베란다에 몰아넣었다. 내 방 책장에 한국 민담 그림책과 동화책 몇 권을 사서 꽂았다. 방문은 모시 조각보로 꾸미고 화접도 족자와 분청 귀얄 화병으로 분위기를 냈다.

6박 7일 일정도 꼼꼼하게 짰다. 여섯 시 삼십 분 기상, 일곱 시 아침 식사 후 시내 관광 시작. 한국의 평범한 청소년은 놀기만 하진 않으니까 두 시간 공부 시간을 포함해 밤 아홉 시부터는 개인 시간으로 정했다. 요일별로 갈 명소와 공원, 유적지를 정하고 국립현대미술관, 국립중앙박물관과 서울역사박물관은 관람 예약도 했다. 뿌듯했다. 잘 짠 계획표를 보고 있으니 벌써 다 이룬 것 같았다. 교류단 사무국에 계획서를 제출하니 칭찬이 자자했다. 이대로만 하면 공로상은 내 거야, 이세가 우리 집에 도착했을 때만 해도 난 그렇게 생각했다.

"아오 씨! ○○ 지겨워 D지는 줄!"

아파트 단지까지 쫓아온 팬들이 지른 소리가 아니었다. 수행하던 경호팀이 돌아가자 '고요한 밤의 미소' 이세는 육두문자를 날리며 티라노사우루스처럼 포효했다.

"○○, 작작 좀 할 것이지! 단체 스케줄 끝났으면 인간적으로 좀 쉬게 해 줘야 하는 거 아니야? 아주 사람을 그냥 오뉴월 가마솥에 사골로 끓여 고무신에 부어 잡솨요, 염병!"

나는 안중에도 없는 듯 이세는 인사는커녕 거실 소파에 벌렁 드러누웠다. 쟤가 카메라 앞에서 말을 안 하는 이유가 있었구나. 난 '이세 한 로이, 어서 와!'라고 쓴 플래카드를 보여 주며 매우 예의 바르게 말했다.

"안녕, 난 호스트 한희수야. 여기까지 오느라 수고 많았어."

"어, 그래 하니수! 반갑다. 나 시원한 물 좀 줄래? 목말라 D지는 줄."

"……뭐?"

"물 좀 주세요, 네에!"

세상에, 저 고운 목소리로 각설이 타령이라니! 거기다 음치였다. 난 가사 로봇에게 시키지 않고 직접 주방으로 갔다. 환영의 의미로 첫날 접대는 내가 직접 하겠다고 계획서에 썼기 때문이다. 으이그. 새로 장만한 대추나무 쟁반에 삼베 받침을 깔고 백자 머그잔에 하트 모양 얼음 세 개와 옥수수 보리차를 담아서

내갔다. 하지만 이세는 고맙다는 인사도 없이 벌컥벌컥 들이켰
다. 한 잔 더 달라고 해서 또 가져다줬다.

"크흐, 물맛 죽이네. 하니수, 나 욕 □□ 잘하지?"

"응, 들어 본 중 최고야. 그리고 내 이름은 '한희수'야. 희수라
고 부르면 돼. 방금 마신 물은 옥수수 보리차고."

"흐음, 하니수가 발음하기 쉬우니까 그냥 하니수라고 부르게
해 줘, 응?"

이세가 코를 찡긋하며 활짝 웃었다. 와……. 이세 애는 미소
가 무기다. 싫다고 말하려고 했는데 고개가 절로 끄덕여졌다. 이
세는 신이 나서 말했다.

"하니수, 내가 여기 오면서 욕을 좀 팠어. 어머니가 한국어의
욕은 스트레스를 즉각적으로 해소하면서 창의력을 훈련하는 고
도의 언어유희니까 공부해 두라고 했거든. 말을 험하게 하면 맘
이 편해진다나? 그게 무슨 말인가 했다. 근데 내가 지구에 오느
라 장장 8개월을 우주선에 갇혀 있었잖아, 우와! △△, 욕이라
도 했으니까 살았다. 진짜 어지간한 스트레스는 욕하니까 확 풀
리더라. 그런데 있잖아, 여기 청소년들은 욕 없으면 말 못 한다
는 거 참말이야? 조사 빼고는 다 비속어를 쓴다던데."

"아니, 안 그래. 그런 애들이 없는 건 아니지만 안 그런 애들이
더 많아. 훨씬, 아주 훨씬 훨씬 더 많아."

"뭐라! 그러면 너도 욕 안 해?"

"당연하지. 난 태어나서 지금까지 욕 한 번도 안 해 봤어."

난 한국을 대표하는 민간 외교관이니 위엄 있게 거짓말을 했다. 이세는 실망한 기색이 역력했다.

"우라질! 현지에서 원어민한테 욕 배울 생각에 와따 설레었는데. 아무튼 너 혹시라도 몰래 나 욕하는 영상 찍어서 유포할 생각이라면 때려쳐라. 나 대그빡에 문어발 심어 놨어, 무슨 말인지 알지?"

"'지능증강 터미널' 말하는 거지? 생각만으로 인터넷 접속할 수 있는 거. 그건 화성에서만 쓸 수 있다고 들었는데."

"아이 씨, 안 속네. 그래도 나에 대해 이상한 글 쓰거나 동영상 같은 거 올리면 안 돼."

"그런 걱정은 안 해도 돼. 그나저나 지능증강 터미널을 못 써서 불편하겠다. 스마트폰이나 스마트밴드하곤 비교할 수 없이 편리하다고 들었거든."

"좋기는 개뿔! 브라질너트로 된장 뜨는 소리하네. 그거 진짜 별로야. 내 대그빡이 슈퍼컴에 딸린 단말 컴퓨터가 되는 거라고. 기분 무쟈게 드러워."

흐음, 기분 좀 더러운 게 대수인가. 그 덕에 무엇이든 쉽게 배우고 익히는데 말이다. 지구인이 찐을 부러워하는 이유 중 하나가 이거다. 지구에선 의료 목적이 아니고선 지능증강 터미널을 체내에 삽입할 수 없다. 하지만 화성에서는 생존을 위해서 유전자 선별 편집과 터미널 체내 삽입이 필수다. 그래서 찐은 마음만 먹으면 어느 분야든 지식 정보를 다운받을 수 있고 빠르게 체화하여 전문가에 준하는 능력을 갖출 수 있다. 그 능력으로 이세는 욕을 습득한 거고. 이런 게 기술 낭비다.

"으아, 집구석 염병하게 넓네!"

이세가 소파에서 일어나 집 안을 두리번두리번 살폈다. 난 최대한 점잖게 말했다.

"넓기는, 오히려 좁은 편인데."

"그래? 화성에선 이 정도 규모면 3인 가족 두 팀이 살거든. 우주선에선 열 명도 넘게 살고. 이게 좁은 거라니 놀랄 노 자다."

이세가 한탄하듯 중얼거렸다. 어…… 뭐라고 맞장구쳐야 할지 몰라 미리 출력해 둔 40매짜리 일정표를 건넸다.

"이것 좀 볼래? 내가 너랑 알차게 지내고 싶어서 계획을 좀 짜봤거든. 나들이, 체험, 관람, 쇼핑할 곳은 다 예약해 뒀어. 휴식 시간과 공부 시간도 확보해 두었고. 네 의견 반영해서 사무국에 최종본 제출하려고 하거든. 보고 궁금한 거 있으면 물어봐."

"오오, 종이 냄새! 언제 맡아도 좋더라."

이세가 종이를 펄럭펄럭 흔들며 코를 킁킁거렸다. 흐뭇했다. 화성에는 종이가 귀하니 문화 체험하라고 일부러 준비한 건데 하길 잘했다. 이세는 일정표를 빠르게 훑어봤다.

"와아, 6박 7일 계획을 분 단위로? 공부 시간은 왜 있는지 모르겠지만 꼼꼼하게 열심히 짰구나. 있잖아, 나도 준비한 거 있어."

이세는 활짝 웃으며 바지 뒷주머니에서 곱게 접은 쪽지 하나를 꺼냈다. 이미 여러 번 사용한 듯한 크라프트지였다. 삐뚤빼뚤한 글씨, 이세가 펜으로 한 자 한 자 꾹꾹 눌러쓴 투두리스트였다.

<이세 한 로이의 지구살이 한국편 투두리스트>

1	바다로 홀쩍 가출하기
2	바닷가에서 노숙하기
3	해변에서 배 터지게 음식 먹기
4	모래사장에서 나 잡아 봐라 하기
5	바다 낚시하기, 배 타고 나가서!
6	외할머니 고향에 가 보기
7	군고구마 먹기(감자 안 됨, 절대 안 됨)

"이게 다 뭐……야?"

"뭐긴, 내가 세운 계획이지. '지구살이 한국편 투두리스트', 나 이거 할래."

내가 멀뚱멀뚱 쳐다보자 이세는 짐짓 잰 표정으로 말했다.

"이번에 도와주면 하니수 너를 내 '달 여행 파트너'로 추천할 게."

"달 여행 파트너라고? 교류단 사무국에선 그런 말 못 들었는데."

"아직 공식적인 발표가 난 건 아니니까 누설하면 안 돼. 우리 찐 1세대가 화성으로 돌아갈 때 달 기지를 들를 건데, 그때 지구인 호스트 스물한 명도 같이 갈 거야. 화성과 지구의 미래세대가 힘을 합쳐 심우주로 진출할 거라는 퍼포먼스지. 우리 1세대들이 지구 측 호스트 중에서 한 명씩 파트너를 뽑을 건데, 내 파트너는 하니수 너로 할게. 같이 달에 가서 즐기자고. 9박 10일, 익스트림 우주 관광 코스, 공짜로!"

이세는 우아하게 미소 지으며 투두리스트 쪽지를 팔랑거렸다.

맙소사, 공짜 달 여행이라니! 마른침이 넘어갔다. 이건 엄청난 기회다. 하지만 이세가 하자는 대로 해도 될까? 뭐…… 불법적인 건 아니다. 사무국에서 찐에게 적극적으로 협조하라고도 했고.

"하니수, 너 가출해 봤어?"

"응? 아니!"

"허! 욕도 안 해 봐, 가출도 안 해 봐. 넌 이 좋은 지구에서 살면서 왜 그렇게 재미없게 사냐?"

"어…… 욕은 몰라도 가출은 재미로 하는 거 아닌데. 어떤 절박한 상황에 처한 아이들이 위험을 무릅쓰고 집을 떠나는 거야."

"헉, △△! 내가 잘못 알았네. 난 바깥 생활을 즐기려고 나가는 게 가출인 줄 알았어!"

"아아, 여행이랑 가출이랑 헷갈렸구나. 잘됐네. 외할머니 고향이 석모도랬지, 여기에 쓴 건 석모도에서 다 할 수 있어. 요샌 수행 로봇 데리고 친구들끼리 여행 많이 가니까 부모님께 말씀드리고 다녀오자."

"오오, 역시 암만 준비를 잘해도 현장에서 배우는 게 있다니까. 알았어, 그렇게 하자고. 가자!"

"지, 지금?"

이세는 가져온 캐리어를 그대로 끌고 나갔다. 내가 애써 꾸민 방은 보지도 않았다. 어휴!

＊ ＊ ＊

주차장으로 내려오자 이세는 까만 미니밴으로 갔다. 딱 봐도 엄청나게 비싸고 좋은 자율주행차였다.

"얘가 내 전용차 까망이, 지구 측 교류단에서 준비해 준 거야. 화성 차보다 크고 짱 좋아. 와따 편안해."

이세가 조수석 유리창에 손바닥을 대자 '사용자 인증' 메시지와 복잡한 기호가 뜨더니 차 문이 옆으로 스르륵 열렸다. 차 안은 넓고 훈훈했고 은은한 풀잎 향이 감돌았다. 이세랑 내가 타니까 차 문이 부드럽게 닫혔다.

"까망아, 여긴 날 도와주는 호스트 하니수. 나랑 같이 가출하기로 했어."

— 안녕하세요, 호스트 하니수 님! 저는 이세 한 로이 님의 한국 여정을 지원하는 자율주행차 '까망이'입니다. 어디로 가출하든 제가 안전하게 모시겠습니다. 염려 붙들어 매세요.

"잠깐만! 이세 잘 들어, 까망이도. 이건 가출이 아니고 여행이야. 가면서 부모님께 허락받을 거라고."

— 아하, 알겠습니다. 전 뭐든 상관없어요. 가다가 혹여 팬에게 들켜도 괜찮아요. 차창 유리는 밖에서 안이 안 보이는 특수 코팅 유리니 사생활 노출 걱정은 접어 두세요. 지금 앉아 있는 좌석에는 리클라이너 기능과 온열 기능, 마사지 기능이 탑재되어 있으니 꼭 사용하시고요. 차체 앞쪽에 정수기가 달린 냉장고와 온장고가 있어요. 저 까망이는 실내 온습도 조절 및 공기 청정 기능으로 이동하는 내내 쾌적한 환경을 제공합니다. 안전하고 즐거운 여행이 될 거예요.

"까망아, 나 가고 싶은 데 있어. 내 외할머니가 젊었을 때 석모도 바닷가에서 펜션을 했었대. 찾아갈 수 있지?"

— 석모도, 석모도라. 강화도 서쪽에 있는 작은 섬이지요. 민

머루해수욕장이 이름나 있으니 펜션을 운영하셨다면 그 근처일 거예요. 석모도는 강화도를 거쳐서 가야 하는데 뭐, 제가 알아서 잘 찾아가겠습니다.

까망이는 보통 자율주행차하곤 비교도 안 되게 스마트하고 조금 얄미웠다. 이세가 믿는 구석이 있으니 당장 가자고 했구나 싶었다. 까망이는 부드럽고 신속하게 주차장을 빠져나와 도로를 달렸다.

먹구름이 유난히 짙은 게 당장이라도 눈이 쏟아질 것 같았다. 서해안은 밤부터 한파특보라던데 지금 가도 괜찮을까. 마음은 좌불안석인데 까망이의 시트가 너무 보드랍고 폭신해서 몸은 노곤노곤해졌다. 이세는 등받이를 거의 끝까지 젖히고 누웠다.

"하니수도 나처럼 눕지 그래. 진짜 끝내줘."

"잠깐만 일어나 봐. 우리 부모님하고 영상 통화 좀 해 줘. 너 온다고 집에 일찍 오신다고 했거든. 나랑 석모도로 드라이브 다녀온다고 해. 투두리스트 뭐 그런 말은 하지 말고."

이세는 연기력도 쩐이었다. 얼마나 우아하게 인사하던지 소름이 쫙 돋았다. 뵙게 되어 기쁘다고, 지구에서 처음 사귀는 친구가 나라서 정말 행복하다고 했다. 이세를 본 엄마 아빠는 흥분한 기색을 감추지 못했다. 석모도 나들이 잘 다녀오라고만 하곤 더 묻지도 않았다.

홍얼홍얼, 기분이 좋아진 이세는 냉장고에서 작은 상자 하나를 꺼냈다. 금가루가 뿌려진 수제 초콜릿 여덟 개가 들어 있었다. 이세는 그중 다섯 개를 한입에 다 털어 넣고 우적우적 씹어 먹었다. 나한테 하나 먹어 보라는 말도 없이 나머지 세 개도 한입에 넣었다. 뭐지, 애? 이세는 앞니에 초콜릿을 잔뜩 묻히고선 버럭 소리쳤다.

"어머, 눈, 눈이다! 세상에, 진짜 눈이야!"

이세가 차창에 얼굴을 바짝 붙였다. 좁쌀만 한 싸라기눈이 어지러이 흩날렸다. 올림픽대로를 질주하던 차들은 서서히 속도를 줄였다. 안개가 낀 것처럼 흐릿해 한강 건너편이 안 보였다. 그래도 먹물 같은 강물은 느릿느릿 잘 흘렀다. 갈 길이 정해진 걸음엔 망설임이 없나 보다.

"하니수, 나 눈 오는 거 처음 봐. 정말 기가 막히게 깜찍해!"

"아무래도 날씨가 너무 안 좋아. 오늘은 이만 집으로 가자."

"있잖아, 화성에서는 집 밖으로 나가 봤자 시티돔이야. 한 시티돔에 서른 명 정도가 살거든, 서로 아침에 뀐 방귀 냄새도 공유하는 사이지."

"갑자기 시티돔 얘기는 왜……?"

화성 테라포밍을 다룬 〈화성 자치구 연대기〉 다큐멘터리가 떠올랐다. 녹티스 미로 계곡 주위로 정교하게 짠 레이스처럼 늘어선 '퍼스트 빌리지'의 전경은 말 그대로 장관이었다. 자가복구 특수강으로 뼈대를 만들고 다이아몬드 드릴로도 못 뚫는다는 특수 유리를 덮은 시티돔은 재앙 같은 태양풍과 날카로운 모래 폭풍 속에서도 의연했다. 그 기적을 만들어 낸 개척자 세대는 위풍당당하고 패기가 넘쳤다.

인류 우주 진출의 주인공들은 자기 소임을 빈틈없이 수행하고 타인에게 피해를 주지 않는 것을 으뜸가는 의무이자 명예로 여겼다. 사소한 실수로도 공동체 전체가 파멸될 수 있었던 개척기 초기에 만들어진 도덕률이었다. 자녀 세대인 찐 화성인 1세대는 그 유산을 물려받았다. 인류의 우주적 번영을 위하여 계획대로 철저히, 책임감 있게, 실수 없이. 이세가 창밖을 보며 말했다.

"시티돔에서 다른 시티돔으로 이동하려면 반드시 허가를 받아야 해. 허가를 안 받으면 시티돔 출입구가 안 열려. 화성에선 이동의 자유 그딴 건 없다는 소리야. 환경이 살벌하니까 안전과 생존을 위해 당연한 거지만. 그래서 난 지구에 오면 여기저기 막 싸다니기로 했지. 특히 바닷가 중심으로! 화성엔 바다가 없잖아. 우와, 눈 좀 봐. 아까보다 커졌어!"

이세가 눈송이를 잡겠다며 차창을 내렸다. 찬 바람과 함께 눈송이가 우수수 들어왔다. 깔깔대는 이세의 얼굴이 눈보다 하얗게 빛났다. 나도 피식 웃음이 났다.

"이세, 석모도에 가면 뭐부터 할래?"

"우선 바다 발자국을 볼래."

"바다 발자국?"

"서쪽 바다는 조수 간만의 차가 커서 질척한 바다 바닥이 홀랑 드러난다던데? 거기서 온갖 바다 생물이 뛰노는 영상을 봤어."

"아아, 갯펄! 지금은 물 들어와서 못 보고 내일 아침에 볼 수 있을 거야. 가는 길에 강화도에서 투두리스트 7번 군고구마 먹기부터 하자. 강화도 고구마가 진짜 맛있대."

"까망아, 달려!"

— 지금도 달리고 있습니다만. 혹시 레이싱 모드를 원하신다면 소리를 질러 주세요!

"우와아악!"

이세가 괴성을 지르는 순간 몸이 휙 뒤로 쏠렸다. 까망이는 눈발을 가르며 올림픽대로에서 카레이싱을 시작했다.

해 질 무렵 강화도에 들어섰다.

이세는 강화도의 동글동글하고 아담한 산과 눈 쌓인 논밭에서 눈을 떼지 못했다. 어느 낡은 조립식 건물 앞에서 '강화속노랑고구마' 플래카드가 펄럭였다. 주인 할아버지가 양철 군고구마 통을 정리하고 있었다. 이세가 다급히 외쳤다.

"까망아, 나 고구마 볼래!"

까망이가 문을 여니 달큼 구수 매캐한 군고구마 냄새가 확 풍겼다. 장작불에 굽는 군고구마 냄새는 치명적이었다. 냄새에 홀린 이세가 장작불이 활활 타고 있는 군고구마 통을 끌어안을 것처럼 다가섰다.

"맙소사, 냄새 좀 봐. 어르신, 이게 군고구마 제조기예요?"

이세가 연신 코를 킁킁거리자 주인 할아버지가 껄껄 웃었다.

"아이쿠야, 화성에서 온 그 친구 맞지요? 반가워요! 나는 옛날 방식대로 고구마를 양철통에 넣고 장작불로 굽거든, 그래서 냄새부터 다르지. 자자, 맛들 봐요. 강화도 특산물 속노랑고구마입니다!"

할아버지가 통에서 군고구마를 하나씩 꺼내 주었다. 옛날식 군고구마는 나도 처음이었다. 우린 김이 모락모락 나는 고구마를 후후 불어 가며 먹었다. 샛노란 속살이 정말 기가 막혔다! 난 껍질에 붙은 고구마 속살까지 깔끔하게 긁어 먹었고 이세는 껍질도 먹었다.

"난 평생 뭘 먹고 살았던 걸까. 어르신, 이 통에 있는 거 다 주세요."

"이거 파는 거 아니에요. 서비스로 맛 봬 드리는 거지. 파는 건 저기."

할아버지는 열려 있는 창고를 가리켰다. 안에는 올해 수확한 고구마를 크기별로 정리해 둔 상자가 차곡차곡 쌓여 있었다. 이세가 우렁차게 외쳤다.

"최상품으로 열 상자 주세요!"

"열 상자나? 한 상자에 10킬로그램인데 그걸 다 어쩌려고?"

"다 먹을 수 있어요! 왜냐면 전 지금 못 먹으면 평생 못 먹거든요."

다행히도 할아버지는 두 상자만 팔았다. 강화도 고구마를 맛있게 먹어 줘서 고맙다며 군고구마 한 봉지와 군밤 한 봉지를 덤으로 주셨다. 이세는 넉살 좋게 넙죽 받았다.

"어르신은 제가 본 중에 가장 실력 좋은 농부셔요. 오래오래 건강하시고 계속 땅을 일궈 주세요!"

"아이고, 고맙습니다! 젊은이가 사람 보는 눈이 제대로네. 젊은이도 복 많이 받으세요."

"강화속노랑고구마는 지구를 대표하기에 손색없는 작물이에요. 제가 기필코 어르신네 고구마로 우주를 정복하겠습니다!"

할아버지는 또 껄껄 웃으며 고구마식혜 2리터 한 병을 더 주었다.

"우주 정복도 좋지만 몸조심해요. 눈이 많이 온다니까 길 조심하고요."

"네, 어르신도 얼른 들어가셔요!"

연신 벙글벙글, 이세는 군고구마와 군밤과 고구마식혜를 꼭 끌어안고 걸었다. 욕쟁이 이세는 어디 갔을까.

이세는 까망이 안에 타자마자 고구마식혜를 병째로 꿀꺽꿀꺽 들이켰다. 군고구마도 봉지째 들고 혼자서 까먹었다. 빈말로라도 같이 먹자고 권하지 않았다. 아까 초콜릿도 혼자 다 먹더니. 흠흠, 목을 가다듬고 최대한 점잖게 말했다.

"한국에는 '콩 한 쪽도 나눠 먹는다'는 속담이 있어. 어릴 때부터 맛있는 음식은 친구랑 나눠 먹으라고 배우고. 그래서 한국 사람은 음식 인심이 좋아."

"난 화성 사람이야, 진 화성인 1세대. 화성에선 음식을 나눠 먹지 않아. 음식은 철저한 계획하에 필요한 만큼 분배되거든. 자기 몫으로 받은 건 오로지 자기를 위해 먹어."

와, 먹을 거 가지고 진짜 쪼잔하게! 지금 나랑 해보자는 거지? 난 목소리를 착 깔고 말했다.

"하지만 고구마식혜랑 군고구마랑 군밤은 분배받은 식량이 아니잖아, 할아버지한테 거저 얻은 거지. 그리고 넉넉하니까 같이 먹자고."

이세는 한참을 망설이다가 떨떠름한 얼굴로 군고구마 한 개를 건넸다. 얄팍하고 조그맣고 끄트머리가 탄 거였다.

"하니수, 나 머리털 나고 처음 해 보는 거다. 내 거 남 주는 거."

"나도 처음 해 보거든. 수행 로봇 없이 여행하는 거, 그것도 화성인이랑!"

이세는 키득키득 웃더니 고구마식혜도 건네주었다. 한 모금만 마시라고 해서 벌컥벌컥 다섯 모금을 내리 마셨다. 아직 반도 넘게 남았건만 이세는 울상이 되고 말았다. 칭얼거리기 전에 얼른 군밤 까는 시범을 보여 줬다. 양손으로 군밤을 잡고 껍질이 십자 모양으로 벌어진 틈부터 툭툭 떼어 냈다. 이세는 습득력이 빨랐다. 군밤을 한 알 한 알 먹을 때마다 화성에서 반드시 밤나무를 키우고야 말겠다며 목에 핏대를 세웠다. 이세가 하도 맛있게 먹으니까 나도 덩달아 입에 침이 고였다.

— 아까부터 신경 쓰이는 게 하나 있습니다. 바닥에 떨어진 고구마 껍질과 밤 부스러기는 누가 치우실 건가요?

"어디에? 난 안 보이는데. 하니수는 보여?"

"몰라, 뭐가 떨어졌대? 보이는 사람이 치워야겠네."

— 정말 이러깁니까!

우린 킬킬대며 남은 군밤을 다 까먹었다. 깜깜한 하늘에서 펄펄 내리는 함박눈이 참 예뻤다.

저녁 일곱 시, 석모도 민머루해수욕장에 도착했다.

겨울 바다는 검고 사나웠다. 바닷바람의 매서움은 도시의 칼바람과는 차원이 달랐다. 해수욕장 주위에 건물이라곤 무인 편의점이 딸린 관리사무소와 공중화장실뿐이었다. 사무소와 화장실 건물 사이 운동장 세 배쯤 되는 주차장엔 차가 한 대도 없었다. 까망이는 눈 오는 밤 영하 18도의 바닷가 노천 주차장은 자기도 처음이라며 툴툴댔다. 하지만 이세는 개의치 않고 까망이에서 내렸다. 꺅꺅 소리 지르며 눈 쌓인 주차장을 지나 모래사장으로 달려갔다. 빠득 빠드득, 눈과 모래가 얼어붙어 기괴한 소리가 났지만 이세는 강아지처럼 신나게 뛰어다녔다.

"하니수, 난 바다가 이렇게 새카말 줄 몰랐어. 보라, 이것이 어비스, 존재의 심연이로다."

난 얼어 죽을 것 같은데 이세는 시를 읊었다. 체감상 영하 30도는 되는 것 같았다. 몸이 휘청거릴 정도로 거센 눈보라가 불었지만 이세는 언제 또 눈 내리는 해변을 걷겠냐며 고집을 피웠다.

"이세야, 너무 춥다. 까망이한테 가자."

"하니수 혼자 가. 난 눈 맞으면서 밤바다 볼 거야. 눈 내리는 바다, 깜깜한 바다, 얼어 죽을 것 같은 바다!"

"그래라, 난 먼저 간다."

곧 따라오겠지, 뒤돌아 성큼성큼 걷는데 퍼억! 뒤통수를 제대로 맞았다. 거대 눈덩이?

"자, 투두리스트 4번! 하니수, 나 잡아 봐라!"

이세가 눈덩이를 던지며 슬금슬금 도망갔다. 아쭈! 잡아서 제대로 복수하려고 했는데 어림도 없었다. 쩐의 운동신경과 체력은 명불허전이었다. 얼어붙은 모래사장인데도 목장을 달리는 보더콜리처럼 달렸다. 이세가 뜀박질 브이로그를 찍으면 전 세계에 달리기 붐이 일어날 거다. 내버려두면 밤새도록 뛸 기세라 난 편의점을 가리키며 소리쳤다.

"투두리스트 3번, 어때?"

이세는 대답도 안 하고 편의점으로 냅다 뛰었다. 무인점포라서 스마트폰으로 출입 인증을 하고 들어갔다. 이세가 눈에 보이는 걸 전부 바구니에 담아서 말리느라 진땀이 났다. 화성에는 식재료가 적고 음식이 맛없었다던데 그래서 식탐하나 보다. 나는 컵라면과 따뜻한 두유를 샀고 이세는 컵라면, 핫바, 삼각김밥, 핫초코, 샌드위치, 크림빵을 샀다. 컵라면에 뜨거운 물을 붓자 칼칼한 냄새가 확 퍼졌다. 세상에서 가장 긴 4분이 시작됐다.

"하니수, 나 돌아가면 라면 냄새 디퓨저 만들 거야. 화성을 라면 냄새 가득한 천국으로 만들겠어."

"그래, 꼭 그러렴. 응원할게."

"밖에 좀 봐, 눈이 더 커졌어! 한국 겨울은 원래 이래?"

"춥긴 해도 이런 눈보라는 나도 처음 봐. 그런데 화성에도 겨울이 있지 않나? 극지방에 얼음도 있다며."

"거의 다 드라이아이스야. 화성 대기는 95퍼센트가 이산화탄소거든. 사계절이 있지만 의미 없어. 평균 기온이 영하 80도이고 온통 뾰족한 돌과 벌건 모래뿐인 데다 지구 같은 기상현상이 없잖아. 이런 낭만은 상상도 못 하지. 안 되겠다. 하니수, 밖에 나가서 먹자!"

이세는 간식 보따리와 컵라면을 들고 기세 좋게 뛰어나갔다. 어린아이 주먹만 한 눈송이가 퍼붓듯 쏟아졌다. 뭘 먹기는커녕

앞도 보기 힘든 상황이었다. 이세도 더는 고집부리지 않고 순순히 까망이를 타러 돌아갔다. 컵라면은 그사이 냉라면이 되었다. 이세는 그래도 맛있다며 마지막 국물 한 방울까지 후루룩 들이켰다. 핫바도 우적우적 세 입에 먹어 치우더니 크림빵과 샌드위치까지 단숨에 해치웠다.

"이세, 한꺼번에 너무 많이 먹는 거 아니야? 더구나 컵라면하고 핫바는 자극적인 음식인데."

"인간의 감각수용체는 자극을 수용하려고 있는 거야. 열심히 일하게 일거리를 줘야지. 까망아, 이제 동해로 가자! 내일 아침에 해돋이 볼래."

"지금 이 날씨에 동해를? 그건 위험하지."

— 맞아요, 곤란합니다. 현재 도로 상황도 매우 안 좋아요. 눈보라가 그치고 도로 정비가 시작되면 출발하겠습니다. 내일 오전 일곱 시 전후에 출발할 수 있을 거라 예상합니다. 근처 15분 거리에 두 분이 쉴 만한 호텔이 있으니 지금 예약하고 이동하겠습니다.

"까망아, 그냥 우리 집으로 가면 안 될까? 조심해서 천천히 가면 되잖아."

— 이런 날씨에 모험은 하고 싶지 않은데요.

"잠, 잠깐……만. 하니수, 나 배 아파. 속에서 누가 막 쥐어뜯는 것 같아."

"뭐……?"

"화…… 화장실, 화장실!"

"이렇게 갑자기? 까망아, 여기 휴대용 변기 같은 거 있어?"

― 당연히 없지요! 제 안에서 용변을 보는 건 절대 불가합니다. 제발 나가 주세요.

"하니수, 화장실 어디에 있냐고!"

우린 까망이에서 뛰어내려 주차장을 가로질렀다. 눈보라 때문에 눈을 뜨기도 힘들어 고개를 숙인 채 뛰었다. 이세는 주차장이 쓸데없이 넓다며 엄청난 욕을 퍼부었다. 공중화장실 출입문은 불투명한 유리 미닫이문이었다. 완전 옛날식 반자동문인데 이게 열리려나? 다행히 열림 버튼을 누르니 문이 열리더니 조명이 켜졌다. 이세는 허둥지둥 들어가 엄청난 소리를 내며 거사를 치렀다. 배가 많이 아픈지 연신 끙끙거렸다. 괜찮으려나 모르겠다. 아까 그 편의점에 배탈약이 있었나. 16만 대 1의 경쟁률을 뚫고 뽑혀서 이런 종류의 뒤치다꺼리를 하게 될 줄은 몰랐다.

공중화장실은 널찍하고 쾌적했다. 후우우웅, 사용자를 인식한 천장 온풍기에서 미지근한 바람이 나오기 시작했다. 옆쪽 벽면 LED 패널에서 영상이 나왔다. 강화도의 아름다운 자연 풍광과 속노랑고구마, 순무, 인삼, 사자발쑥 같은 특산물을 소개하더니 마지막에 농게 떼가 개펄을 행진하며 '당신의 다정함이 지구를 구해요' 합창하는 애니메이션으로 끝났다. 몇몇 농게가

부글부글 거품을 뿜었다. 그렇다, 입에 거품을 물 만큼 힘든 일
이다. 다정한 호스트가 된다는 건!

쏴아아아, 세찬 물소리가 났다.

"이세, 괜찮아?"

"와, 진짜 D지는 줄! 이제 슬슬 살 만해지고 있어."

"그래도 화장실이 가까이에 있어서 다행이었어."

"가깝기는 개뿔! 화성에서 지구에 오는 것보다 더 멀었다. 아
휴, 냄새 쥑이네! 야, 이거 모양도 장난 아냐. 나 이런 거 처음
봐."

"설명하지 말아 줄래? 집중해서 빨리 끝내면 좋겠는데."

"알았어, 알았어. 이제 다 됐어."

쏴아아아, 물 내리는 소리가 다시 났다. 다시 한번, 또 한 번.
그런데 이세는 나오지 않았다.

"하니수, 그…… 물이 왜 내려가다 말지?"

"뭐어?"

"이러다 넘치겠는걸. 어쩌지? 지금 상황이……."

"설명하지 말라니깐! 그냥 두고 나와!"

화장실 문을 열고 나온 이세가 머쓱해하며 웃었다. 후, 난 한
숨만 나왔다. 홈스테이 6박 7일 중 아직 1박도 안 지났다니 기
가 막혔다.

눈보라는 잦아들 기미가 없었다. 아까 급히 나오느라 목도리

도 장갑도 안 가져와 패딩 모자만 꾸욱 뒤집어썼다. 잔뜩 움츠러든 이세는 곱은 손으로 뺨을 감싸고 어기적어기적 주차장을 걸었다. 눈 내리는 겨울 바다의 낭만 같은 소리는 쏙 들어갔다.

"하니수, 나 이렇게 추운 거 처음이야. 화성에선 외부 활동 나가도 장비 갖춰서 나가니까 안 춥거든. 사람이 이런 데서 어떻게 살아?"

"한국 겨울은 본디 매서워. 그래서 눈보라 치는 밤에는 안 돌아다니고 집에들 있는 거고!"

"누가 뺨을 돌 조각으로 박박 긁는 것 같아. 손가락 발가락도 떨어져 나갈 것 같고."

"내 계획대로 했으면 지금 따뜻한 집에서 만두전골 먹고 폭신한 침대에 누워 잘 준비 하고 있겠지."

인내심이 바닥나 고운 말이 안 나왔다. 내 말투가 뾰족해서 그런지 이세는 입을 꾹 다물었다.

화장실에 다녀온 사이 까망이에 눈이 수북하게 쌓였다. 앞 유리창에 쌓인 눈만 해도 10센티가 넘어 보였다. 이세는 차 문 유리창에 쌓인 눈을 팔뚝으로 밀어 치우고 오른 손바닥을 댔다. 그런데 아무런 안내 표시가 뜨지 않았다. 문도 안 열렸다. 손이 너무 차가워서 그런가, 이세는 중얼거리며 창문에 왼 손바닥을 댔다. 똑같았다. 차창마다 돌아가며 왼 손바닥, 오른 손바닥을 댔다. 까망이는 미동도 하지 않았다. 이세 목소리가 덜

덜 떨렸다.

"하니수, 까망이가 방전됐나 봐. 문이 안 열려."

"말도 안 돼! 방전됐다고 차 문이 안 열려?"

덜컥덜컥, 난 힘껏 문을 잡아당겼다. 굳게 잠긴 문은 흔들리지도 않았다.

"소용없어. 강력한 도난 방지가 걸려 있거든. 사람이 타고 있으면 모를까 방전된 상태에선 밖에서 문 안 열려."

"그럼 충전하면 열리는 거지? 편의점 쪽에 전기차 충전기 있더라. 거기까지 밀고 가자."

우린 죽을힘을 다해 까망이를 밀었지만 꿈쩍도 안 했다. 도난 방지가 걸린 차량인데 민다고 밀릴 리가 없었다. 머리가 지끈지끈, 얼굴에 열이 확 올랐다.

"이세, 네 전담 경호팀 있다며. 불러."

이세가 멍한 눈으로 까망이를 가리켰다. 아까 급하게 뛰어나오느라 소지품은 아무것도 챙기지 않았던 거다.

"하아, 알았어. 내 전화로 연락…… 어?"

패딩 주머니에 아무것도 없다. 안에 입은 카디건 주머니와 바지 주머니까지 샅샅이 뒤졌다. 내 스마트폰은 어디에도 없었다. 아까 까망이가 가까운 호텔 예약한다고 해서 검색하고 있었는데 허둥대다가 두고 내렸나 보다. 휘이이잉, 바람 소리가 귀곡성처럼 울렸다.

문이소

"하니수, 아까 까망이가 예약했다는 호텔이 어디에 있는지 알아?"

"모르지. 스마트폰이 있어야 검색을 하든가 말든가 할 텐데."

우린 동시에 한숨을 쉬었다. 눈보라는 그칠 기미가 전혀 없었다. 이세는 잠시도 가만히 있지 못하고 발을 동동 굴렀다. 화성 시티돔은 1년 내내 섭씨 18도에서 25도 사이라고 들었는데, 이세 괜찮나.

"하니수, 우리 편의점에 가자."

"거기도 스마트폰이 있어야 들어갈 수 있어. 무인점포 출입 인증을 스마트폰으로 해."

"야! 자주 쓰는 중요한 기능은 대갈통에 심으라고, 적어도 대갈통은 안 잃어버리고 다닐 거 아냐! 지구인은 왜 이렇게 헐렁하게 살아? 위험 상황을 대비한 조치가 없다는 게 말이 돼?"

"화성인이 지구에 와서 투두리스트 들이밀면서 여행 가자는 건 말이 되고? 그것도 하필 한파특보 내린 날에!"

휘우우우웅! 어마어마한 돌풍이 불어 닥쳤다. 이세가 쓰러질 것처럼 휘청거려서 얼른 부축했다. 어두워서 몰랐는데 가까이서 보니 이세 속눈썹과 눈가에 얼음이 허옇게 얼었다. 입술이 파랗게 질려 덜덜 떠는 모습이 심상치가 않다.

"일단 공중화장실로 가자. 여기 있다간 진짜 큰일 나겠어."

이세가 고개만 끄덕였다.

우린 다시 주차장을 가로질렀다. 우리가 남겼던 발자국은 그새 눈이 쌓여 안 보였다. 뿌득 뿌드득, 아무도 밟지 않은 하얀 눈밭을 걷는 일이 이렇게 심장 떨리는 일이었나. 날씨가 험하다고 해도 명색이 관광지인데 이렇게 사람이 없을 수가 있나. 아닌가, 지금 저 건너편에서 누가 걸어오면 그게 더 무서우려나.

공중화장실 출입문의 열림 버튼을 눌렀다. 드드드득, 아깐 잘 열렸던 미닫이문이 요란한 소리를 내며 움직이다가 뚝 멈췄다. 문은 두 뼘 남짓 열렸다. 아, 정말!

"하니수, 밀어서 열고 들어갈까?"

"아니. 그냥 열린 틈으로 살살 들어가는 게 좋겠어."

힘주어 밀면 열리겠지만 들어가서 닫을 때 안 닫힐까 봐 걱정되었다. 우린 패딩을 벗고 옆으로 몸을 비틀어서 간신히 들어왔다. 조명이 켜지고 온풍기가 작동되었다. 후우.

아까 이세가 남긴 흔적인지 쿰쿰하고 기괴한 냄새가 났지만 그래도 살 것 같았다. 열린 문틈으로 눈보라가 괴성을 지르며 들이쳤다. 미닫이문을 힘껏 밀어 닫았다. 그런데 손을 떼면 문이 도로 두 뼘만큼 열렸다. 무언가로 미닫이문을 고정시켜야 했다. 화장실 맨 끝 칸 청소용품 보관함에서 대걸레와 청소 수레를 가져와 미닫이문에 대걸레를 끼우고 청소 수레로 받쳐 고정시켰다. 완벽하다! 옛날부터 내 대갈통이 이런 쪽으론 빠릿빠릿 잘 돌아갔다.

"하니수는 임기응변이 뛰어나구나. 화성에서 원하는 인재야."

이세는 세면대 옆쪽 벽에 쭈그리고 앉아 중얼거렸다. 난 대답하지 않았다. 대신 팡팡, 팡! 일부러 큰 소리로 옷과 신발에 쌓인 눈을 털어 냈다. 그러곤 출입문 벽면에 기대어 앉았다. 미닫이문 틈새로 칼바람이 들어왔지만 이세랑 떨어져 있고 싶었다.

"하니수."

못 들은 척했다. 입을 열면 욕이 튀어나올 것 같았다.

"있잖아, 내 옆으로 와서 같이 앉으면 안 될까?"

"야! 적당히 칭얼…… 너 낯빛이 왜 그래?"

맙소사, 이세 얼굴이 바짝 마른 시멘트 색깔로 변해 있었다. 몸이 고꾸라질 것처럼 기우뚱하더니 스르륵, 왼쪽으로 쓰러졌다. 얼른 가서 붙잡았다. 이세는 경련하듯이 온몸을 덜덜 떨었다.

"하니수, 미안. 나 저체온증인 것 같아."

이세가 희미하게 웃었다. 얼음장 같은 손은 손가락 끝까지 하얗게 질려 있었다. 이마에도 목덜미에도 온기라곤 없었다. 어떡하지? 맞아, 비상벨! 화장실 칸마다 있는 지구대 직통 비상벨이 생각났다. 바로 옆 칸에 들어가 비상벨을 누르고 스피커를 향해 외쳤다.

"여기 민머루해수욕장 공중화장실인데요, 친구가 저체온증으로 쓰러질 것 같아요. 18세, 여성, 화성인이에요. 저는 대 화성 민간 외교관 한희수예요. 저희 고립되었거든요, 빨리 좀 와

주세요!"

묵묵부답. 스피커는 지직거리지도 않았다. 다시 비상벨을 꾹 눌렀지만 경고등이 들어오지도, 경보가 울리지도 않았다. 다음 칸에서도, 또 그다음 칸에서도. 일곱 개의 비상벨 모두 아무 반응이 없었다. 이런 염병, 별게 다 고장 나네!

이세 낯빛이 하얀 타일과 구별되지 않을 정도로 하얘졌다. 몸을 덜덜 떨면서도 잠이 오는지 눈을 끔벅끔벅했다. 안 되겠다, 뭐라도 해야 해!

난 다시 청소용품 보관함 문을 열었다. 깨끗하게 빨아 말린 걸레 여러 장과 길쭉한 손잡이가 달린 플라스틱 바가지 두 개가 있었다. 다행이다, 관리자님 감사해요!

바닥에 마른걸레를 겹겹이 깔고 그 위에 이세를 앉혔다. 큰 바가지에 차가운 물을 담고 걸레 한 장은 미지근한 물로 적셨다.

"이세, 이거 찬물인데 손가락 끝부터 천천히 담가 봐. 발은 걸레 아니, 이 수건으로 감싸서 살살 마사지할게. 너무 저릿저릿하면 말하고."

이세는 순순히 시키는 대로 했다. 찬물에서 미지근한 물로, 다시 뜨뜻한 물로 바꿔 가면서 손과 발을 녹였다. 하지만 체온 회복은 더딘 듯했다. 이럴 때 따뜻한 물을 마시면 참 좋을 텐…… 따뜻한 물 있구나. 난 작은 바가지에 뜨뜻한 물을 담아 이세에게 건넸다. 이세는 영 미심쩍은 눈초리였다.

"이거 마셔도 되는 물이야?"

"우주에선 소변도 정화해서 마시지 않니? 네 오줌 내 오줌 상관하지 않고 감사하게."

이세는 한 모금씩 한 모금씩 천천히 반 바가지를 마셨다. 하아, 이세가 긴 한숨을 쉬었다. 역시 속에 뜨뜻한 것이 들어가니까 얼굴에 혈색이 돌고 떨림도 진정되었다. 하아, 이번엔 내가 한숨을 쉬었다. 이세가 한참 동안 바가지를 만지작거리다 말했다.

"미안해."

난 괜찮다고 말하지 않았다. 처음부터 이세에게 네 계획 같지도 않은 일탈 행위에 협조하지 않겠다고 딱 부러지게 말했어야 했다. 달 여행 파트너 소리에 혹해서 휘둘린 내 자신이 한심했다. 공로상을 노리고 홈스테이에 자원한 것도 잘못이었다. 아니 애초에 교류단에 지원한 것부터 문제였다. 남들이 다 한다니까…… 불안했다. 학교에 안 다니는 대신 뭐라도 해야 할 것 같아서 신청한 건데. 이세가 나직하게 말했다.

"우리 1세대는 '계획된 사람들'이야. 인류의 우주적 번영을 위한 역사적 사명을 띠고 난자와 정자부터 선별해서 만들어 낸 신인류지. 우리는 수정란 때부터 우주 진출의 주역으로 역사에 이름을 아로새기길 욕망하게끔 만들어졌고 키워졌어. 신체 조건도 성격도 취향도 다 계획의 일부인 거지. 일상의 작은 바람조차도 유전자에 새겨진 거대 계획에서 파생된 거야. 웃기지 않니?

몸도 생각도 꿈도 희망도 다 타인이 계획한 것이라니. 나에게는 '나'라고, '내 것'이라고 할 게 없어."

위이잉, 틱. 온풍기가 멈췄다. 안이 조용해져서 이세 목소리가 풀 죽은 것처럼 들리나. 웅크리고 앉아 무릎 끌어안은 모양새하고는.

"야, 그럼 네가 투두리스트에다 가출입네 노숙입네 쓴 것도 인류의 우주적 번영을 위한 큰 그림이었냐? 지구에 온 김에 여기저기 싸다니라고 머릿속에서 누가 막 중얼거리디? 그럼 너 병원 가야 해."

내가 실실 웃으며 퉁을 놓자 이세도 해사하게 웃었다.

"그냥 시키는 대로, 하라는 대로 하기 싫었다고 해. 내 맘대로, 내 뜻대로 해 보고 싶었다고. 나 그거 이해해. 나도 내 인생이니까 실험해 보고 싶었거든. 적어도 학교는 아니었어. 그런데 그다음을 아직 모르겠어. 내 뜻이 어디 있는지, 내 맘이 어디로 가는지."

"화성이면 좋겠다."

"응?"

"네 맘이 가는 곳이 화성이면 좋겠다고. 거기선 내가 많이 도와줄 수 있는데."

"뭐래, 됐어. 내가 화성엘 무슨 수로 가."

"마음 먼저 가 있으라고 해. 그럼 몸도 따라갈 거야."

출입문을 흔들던 바람이 잠잠해졌다. 눈보라가 그쳤나, 너무 조용해서 눈이 떨어지는 소리가 들리는 것 같다.

"하니수에겐 정말 미안해. 지구는 안전하니까 한 번쯤 마음 가는 대로 즐기고 싶었거든. 그런데 너한테 폐를 끼칠 거라곤 생각 못 했어."

"그게 생각을 하고 못 하고 할 문젠가. 아이큐 180도 별거 없네."

"……210."

"뭐?"

"내 아이큐 210이라고. 여기선 이래도 화성에선 꽤 쓸 만해, 내 대갈통."

이세는 진지했다. 짜증 난다고 고래고래 소리 지르면 하수라고 들었다. 그래서 그냥 허, 하고 웃어 버렸다.

"잘 모르겠다. 난 너희들 부럽던데. 신체 조건부터 탁월하잖아. 머리 좋지, 능력 있지, 부족한 게 뭐 있나. 진로나 직업도 다 정해져 있으니까 편하지 않아?"

"난 너희가 부러웠어. 누군가가 세운 계획대로 사는 게 아니잖아. 삶의 불확실성을 받아들이고 실패하고 성공하는 그 모든 분투가 멋지던걸. '와, 쟤네는 진짜 가슴이 두근두근하겠다. 자기가 이다음에 뭐가 될 줄 모르는 거잖아.' 난 그렇게 보였어, 너희들의 일상이."

"……네가 한국에서 초등학교만 다녔어도 그런 소린 안 할 텐데. 우리 할머니 할아버지 세대는 사람에 치이고, 부모님 세대는 사람에 치이고 인공지능에도 치였대. 그런데 우리 세대는 사람에 치이고 인공지능에 치이고 거기다 기후 위기에 치이고 있어. 이런 상황에서 앞으로 뭐 하고 살지 찾는 게 얼마나 골치 아픈데."

"정해져 있어도 골치, 안 정해져 있어도 골치, 인생은 어쨌거나 골치. 우주 넓은 거 아무 소용 없구나. 너희나 우리나 마음 놓고 살 수 있는 곳이 없으니."

이세가 타령하듯 말하는 바람에 웃음이 터져 나왔다. 이세도 깔깔거리고 웃었다. 낯빛이 많이 돌아왔다. 몸도 많이 따뜻해졌고. 다행이다.

"이세야, 우리 잠깐 눈 붙이자. 내일 아침 아홉 시면 관리사무소 여니까 그때 도움 요청하자고."

난 화장실 제일 안쪽 조명등만 놔두고 나머지는 다 껐다. 이세는 내 옆에 바짝 붙어 앉아 몸을 한껏 웅크렸다.

"D지게 춥다. 한국 겨울 진짜 너무 살벌해."

"겨울만 살벌하면 심심하지. 찜통더위라고 들어 봤니? 6월 중순부터 38도까지 오르는데 습도도 장난 없어. 겨울엔 영하 18도까지 떨어지니까 한반도는 6개월 주기로 50도를 오르내리는 거야."

"히익! 아니 한국은 중위도 온대성 기후잖아, 온화한 날씨 아니었어? 다들 어떻게 살아?"

"그냥저냥 살아. 여기도 봐, 이 인적 드문 해변 화장실에도 온수 잘 나오잖아. 덜덜거리긴 하지만 온풍기도 돌아가고."

"이 소리가 온풍기 소리야?"

덜컹덜컹, 화장실 유리문이 흔들렸다. 다시 덜컹덜컹, 덜커덩! 어둑한 유리문 너머로 짙은 그림자가 얼핏 보였다.

"이거 안 열리네. 안에 아무도 없어요?"

성인 남자 목소리! 난 일어서려는 이세를 잡아 앉혔다. 영문을 모르는 이세가 눈을 동그랗게 떴다.

"오밤중에 인적 없는 여자 화장실에 남자가 왜 오겠어?"

내가 속삭이자 이세는 아연실색했다. 쿵쿵 쿵쿵, 심장이 미친 듯이 뛰었다. 이 상황에 침입자라니! 남자는 화장실 문을 계속 두드리며 흔들었다. 그때마다 화장실 문손잡이에 끼운 대걸레가 빠질 듯이 흔들거렸다. 웅성웅성, 같이 온 패거리가 몇 명 더 있는 것 같았다. 차 안엔 없었잖아, 편의점 다시 가 봐. 왜 그래, 화장실 문 안 열려? 쑥덕이던 소리가 그치더니 이번에는 그림자 넷이 문 앞으로 왔다. 난 이세에게 청소함을 가리키며 말했다.

"힘껏 밀고 있어. 난 대걸레 하나 더 가져올게."

그림자는 문을 밀지 않았다. 대신 출입문 위쪽에 있는 센서에 무언가를 연결했다. 그러자 대걸레가 부러질 듯 휘청이며 미닫이문이 열리기 시작했다. 이세는 대걸레를 꽉 붙잡고 외쳤다.

"하니수, 피해!"

"아니, 너부터 화장실 칸에 숨어. 얼른!"

"하니수 너 먼저 피하라니까! 난 내 몸 하나 지킬 줄 안다고!"

이세가 정색하며 날 밀쳐 냈다. 안 돼, 나 혼자 숨을 순 없다. 변기 솔이라도 들고 가세해야 해!

"저기요, 경찰입니다. 안에 거기 구조 신고하신 분들 맞아요?"

"……네?"

"안에 이세 한 로이 님, 한희수 님 맞습니까? 전담 경호원입니다. 전용차 위치 보고 왔습니다!"

"진짜요?"

우린 미닫이문에 고여 둔 대걸레를 빼고 뒤로 물러섰다. 문이 스르륵 열렸다. 이세의 전담 경호원 두 명과 인천해양경찰서에서 나온 경찰관 두 명이 어이없다는 표정으로 우리를 쳐다봤다. 이렇게 창피할 수가! 슬금슬금 내 뒤로 숨는 이세의 옆구리를 쿡 찔렀다. 이세가 어정쩡하게 서서 말했다.

"여기까지 와 주셔서 고맙습니다. 신고는 여기 한희수 호스트가 했습니다."

"아니 왜, 날! 저기, 그러니까…… 빨간 단추 눌렀을 때 아무 소리도 안 났거든요. 신고가 접수된 줄 몰랐어요. 아깐 이세가 많이 아팠고 지금은 괜찮은데, 아무튼 감사합니다."

경호원과 경찰관 사이로 구급대원이 들어왔다. 이세와 나는 모포로 둘둘 말려 밖으로 나왔다. 노란 불빛을 번쩍이며 작업하는 제설차와 경호차량 두 대, 경찰차 두 대, 구급차 두 대가 보였다. 이렇게 많은 사람이 오다니, 너무 민망해서 그대로 기절하고 싶었다. 구급차에 앉자 구급대원이 신체 활력 징후를 확인한 뒤 따뜻한 꿀차를 주었다. 이세 전담 경호원이 무뚝뚝한 표정으로 스마트폰을 건네주었다. 난 고개를 푹 숙이고 두 손으로 공손히 받았다. 이세는 방전된 차 문을 여는 방법이 있냐고 물었다.

"차량 발견 즉시 급속 충전해서 열었습니다. 한희수 학생, 얼른 보호자에게 연락하세요."

"저 학생 아닌데요. 학교 안 다녀요, 학업 중단 상태라."

경호원이 당황한 듯 우물쭈물하는데 이세가 끼어들었다.

"아니지, 학교는 안 다녀도 공부는 계속하고 있잖아. 그럼 학생 맞지. 자고로 사람은 평생 학생이어야 해. 선생이 아니라."

"아휴, 그게 뭔 소리야."

"맞는 소리야. 너도 이젠 모르는 사람 불러야 할 때 '학생'이라고 해. 어색하면 '학생님'이라고 하든가. 선생도 선생님이라고 부르니까 딱이네."

"이세 학생님, 나 대신 전화 좀 해 주세요."

이세에게 스마트폰을 건넸다. 부모님은 올림픽대로에서 전화를 받았다. 경찰과 교류단 사무국에서 연락받고 급히 석모도로 오는 중이었다. 이세가 정중하게 물의를 일으켜 죄송하다고, 본인이 차량 사용법을 숙지하지 못해서 생긴 해프닝이라고 설명했다. 이세에겐 괜찮냐고 점잖게 묻던 부모님은 내가 전화를 받자 버럭버럭 소리 질렀다. 야, 이놈아! 얼마나 걱정했는지 알아! 난 다 해결됐으니 이제 집으로 갈 거라고 얼버무리고 얼른 끊었다. 집에서도 이세가 잘 둘러대야 할 텐데.

우리 둘 다 컨디션이 양호해서 까망이로 이동하기로 했다. 까망이가 도로 사정이 안 좋으니 내일 출발하자고 했지만 경호팀은 딱 잘라 거절했다. 경호팀 차가 앞서가니 까망이도 어쩔 수 없이 뒤따라갔다. 가만 보니 까망이는 꾀부리는 스타일이었다.

— 아니, 이세님. 경호팀에선 왜 저의 의견을 묵살하죠? 지금 위험을 감수하며 운행할 필요가 없잖아요. 근처 가까운 호텔이나 제 안에서 자고 아침에 이동하면 되는데. 방전 한 번 되었다고 이렇게 무시당할 줄은 예상치 못했습니다.

"방금 네가 한 말, 이 뜻이지? 대그빡 튜닝도 안 한 ✿✿들이 누굴 무시하냐! 뇌 주름을 싹 다 밀어 버릴라."

— 오, 정확합니다! 그리고 저요, 전원이 끊기기 전에 경호팀에 비상 신호 보냈어요. 내가 알려 줬으니까 자기들이 시간 맞춰 왔지 아니면 어떻게 온답니까. 아무튼 두 탑승자에겐 미안합니다. 앞으론 방전에 주의할게요.

"그래그래, 알았어. 까망이 너도 고생 많았어. 앞으로도 잘 부탁해.”

“하니수, 내 투두리스트 좀 봐. 우리 오늘 다섯 개나 까부쉈
다!”

곱게 접은 쪽지를 펼치는 이세 눈이 반짝반짝, 진심으로 기
뻐하고 있다.

“노숙도 한 걸로 쳐. 아까 화장실에서 눈 잠깐 붙였잖아.”

“맞다, 맞다! 그럼 여섯 개나 해치운 거야. 크흐, 멋지구리!”

이세는 ‘2번 바닷가에서 노숙하기’를 가리키며 활짝 웃었다.
자꾸 들으니까 저 얼토당토않은 걸쭉한 말투도 정겹다.

“하니수, 난 눈 내리는 밤바다를 볼 줄은 상상도 못 했다니까.
눈 맞고 얼어 D질 뻔한 것도 ♡♡ 좋았어!”

♡♡? 아니다, 정겹지 않다. 그래도 저 헤벌쭉 웃는 얼굴은 정
겹다. 행복해하는 사람 옆에 있으면 덩달아 행복해지나 보다. 이
세가 배부른 고양이처럼 쩌억 하품했다. 나도 하품이 났다. 노
곤하니 참 좋다.

“이세, 바다낚시는 평범하게 다녀오자. 부모님이랑 상의해서.”

“진짜? 그럼 너 계속 나 서포트해 주는 거야?”

“그래야지. 나중에 너도 달에서 나 도와줄 건데.”

이세는 대답하지 않고 또다시 쩌억, 하품하며 딴청을 피웠다.
눈이 마주치자 헤실헤실 웃기만 하더니 짝, 손뼉을 쳤다.

“맞다, 화장실! 거기 화장실 변기 막힌 거 어쩌지?”

"내일 관리자님이 해결하시겠지. 요즘 청소봇 좋으니까 걱정 안 해도 돼."

"그게 아니라 오늘 이 난리를 쳤으니 내가 왔다 간 거 소문날 거 아니야. 이세 한 로이가 똥 싸서 공중화장실 막혔다고 쫙 퍼지면 어쩌지!"

이번엔 내가 쩌억, 하품하고 눈을 감았다. 이세는 자기가 말해 놓고도 우스운지 계속 킬킬대며 말했다. 달에 가면 잘해 주겠다고, 나중에 화성에 오면 맘껏 똥 싸면서 돌아다니라고.

상상해 버렸다. 내 대변이 섞인 화성 토양에서 움트는 강화속 노랑고구마의 새싹을.

화성에 갈 수 있을까, 그런 꿈을 꿔도 될까. 마음이 둥둥 떠올랐다. 깜깜한 밤하늘 너머 아득한 곳으로.

해리의 링링은 반짝인다

김정혜진

김
정
혜
진

「TRS가 돌보고 있습니다」로 2017년
제2회 한국과학문학상 중단편 부문
가작을 수상했다. 소설집 『깃털』을 썼
고, 앤솔러지 『2100년 12월 31일』
『이토록 아름다운 세상에서』 등에 참
여했다.

1

팅~

결제 오류를 알리는 소리가 나자마자 버스 승객 모두가 해리를 쳐다보았다. 해리 얼굴이 빨개졌다. 속도 모르고 왼쪽 관자놀이에서 링링이 반짝거렸다.

"링링 확인 후 버스를 이용해 주시기 바랍니다."

버스에서 안내 음성이 흘러나왔다. 해리는 버스에서 내려야 했다.

버스 정거장 의자에 털썩 주저앉아서 해리는 관자놀이에서 링링을 떼어 냈다. 리셋을 여러 차례 시도해 보았지만 링링은 아침에 집에서 그랬던 것처럼 해리와 잘 연결되지 않았다. 급기야 흰색 불빛이 오렌지색으로 바뀌며 깜빡거렸다. 데이터 전송 속도가 느리다는 표시였다. 링링 에잇(8)을 폐기해야 할 때가 온 듯했다.

"이런 쓰레기!"

해리가 발을 구르는 사이 다음 버스가 왔고 이번에도 "링링 확인 후 버스를 이용해 주시기 바랍니다."라는 안내 음성을 들 어야만 했다. 해리는 또 내릴 수밖에 없었다. 버스 옆면에서 링링 나인(9) 신제품 광고가 번쩍거렸다. 짜증 섞인 한숨을 내쉬며 해리가 하늘을 올려다보았다. 택배 드론들이 가득한 하늘이었다.

해리는 접속 불량이 되어 버린 링링 에잇을 가방에 던져 넣고 버스 정거장을 벗어났다. 학교에는 걸어갈 수밖에 없었다.

봄에는 등교 수업을 해야 했다. 교육부는 아이들이 친구들을 직접 만나서 교우관계를 만들고 최소한의 대면 활동을 해야 한다면서 봄 학기의 등교 출석 정보를 점수로 만들어 놓았다. 해리는 한숨이 나왔다.

집에서 수업도 듣고 숙제도 제출하고 모든 걸 할 수 있는데 왜 학교에 가야 할까? 하필 오늘따라 링링도 잘 안되는데…….

학교에 도착하니 1교시 수업이 이미 진행 중이었다. 아이들이 최신형 링링 나인을 착용한 채 학습용 안락의자에 눕다시피 앉아 있었다. 의자마다 반투명 스크린이 주변을 감싸 서로의 학습을 방해하지도 큰 고립감을 주지도 않았다. 각각의 반투명 스크린은 필요할 때마다 교실 벽과 천장을 감싸며 공용 스크린으로 변형되었다. 교실은 다목적 스튜디오 같은 공간이라 의자들을 접어서 벽 안쪽이나 바닥 아래에 넣으면 넓은 공간으로도 활용할 수 있었다.

김정혜진

아이들은 학교 중앙 시스템이 제공하는 맞춤형 수업을 들었다. 링링이 학생 개개인의 학습 속도와 이해도를 분석하면 중앙 시스템이 학생에 따라 수업 내용을 실시간으로 조정했다. 아이들이 직접 나만의 선생님도 디자인할 수 있었다. 아이돌 가수의 모습을 한 선생님도 있었고, 유명 배우의 모습을 한 선생님도 있었다. 학기 초에 아이들이 직접 디자인한 선생님을 스크린으로 자랑하며 웃고 떠들 때 해리는 본 적이 있었다.

해리는 얼른 자리에 앉아 가방을 뒤적여 링링을 꺼냈다. 됐다 안됐다 하는 링링을 다시 관자놀이에 붙이고 초조한 마음으로 자신의 스크린이 켜지기를 기다렸다. 그런데 학습 진도를 보여 주는 첫 화면이 아니라 해리의 가상 선생님이 나타났다.

"강해리 학생, 다음 수업을 기다리세요."

해리 역시 자기 취향대로 선생님을 꾸몄다. 파란색에서 검은색으로 번져 가는 긴 머리에 블랙 시폰 원피스를 입고 은색 징이 박힌 구두를 신은 모습이었다. 해리는 자기가 디자인한 선생님이 퍽 마음에 들었다. 하지만 나만의 선생님이 친절한 표정과 목소리로 수업에 들어올 수 없다고 말하자 해리는 버스를 타지 못했을 때보다 더 기분이 상했다.

"왜 제가 다음 수업까지 기다려야 해요?"

"지금 수업은 조별 활동으로 진행됩니다."

선생님이 이어 말했다.

"조별 활동이 있는 날에는 지각하면 안 됩니다. 중간부터 참여하면 다른 학생들이 항의할 수도 있어요. 게다가 지금은 조별 활동을 끝내고 발표를 하는 중입니다."

"링링 접속 오류 때문에 버스를 못 타서 늦은 거라고요."

달팽이 껍질처럼 생긴 링링 안에는 젤리 촉수가 들어 있다. 매끄러운 젤리 촉수는 뇌 속 뉴런과 연결되는 생물학적 장치로 자유자재로 길이와 폭이 늘어나고 줄어들면서 모공을 통해 뇌 속을 드나든다. 젤리 촉수는 뇌 속에서 네트워크에 접속해 다른 링링이나 기기들과 통신이 가능하다. 하지만 해리가 착용한 링링 에잇의 경우, 젤리 촉수에서 수분이 반쯤 날아가 해리의 뇌 속 뉴런과 연결이 잘 안되는 상황이었다. 젤리 촉수의 수분 유지력은 링링의 제품 성능을 결정지었고, 링링 나인에서 그 기능이 대폭 개선되었다.

"해리, 버스를 못 탄 건 안타깝지만 다음 수업을 기다려요."

해리는 이대로 교실에서 나가 버리고 싶었다. 해리의 표정이 일그러졌다.

"이번 수업은 발표를 볼 수 있는 권한만 부여하겠습니다. 출석 점수는 없습니다."

해리의 표정을 읽은 가상 선생님이 말했고 수업 보기 권한이 열렸다. '초연결 기술과 로봇' 수업이었다.

인간이 인간에게 심폐소생술을 하는 모습과 로봇이 인간에게 심폐소생술을 하는 모습이 교차되어 나왔다. 인간은 긴장하고 불안해했지만 로봇은 전혀 그렇지 않았다. 로봇은 환자 상태에 맞춰 가슴을 압박하는 힘을 인간보다 더 정밀하게 조절할 수 있었다. 개별 의자를 감쌌던 스크린이 교실 전체로 확장되면서 로봇의 심폐소생술이 인간의 심폐소생술보다 안전하고 성공률이 높다는 연구 결과가 그래프로 그려졌다.

"초연결 기술을 통한 고감도 피드백 시스템 덕분입니다. 초연결 기술은 로봇 의료기술의 발전을 도왔을 뿐만 아니라 교육 내용과 방식도 혁신시켰습니다. 우리가 사용하는 링링이 그렇죠. 개인에 따라 수업 내용이 달라지잖아요? 지금처럼 발표 수업을 할 때는 자료 내용에 맞춰 공용 스크린으로 변하고요. 수업에 더 집중하도록 하기 위해서 링링이 우리 신체 데이터를 학교 시스템에 전해 주고 있습니다. 눈동자 움직임, 표정, 심장 박동수 등을 말이죠. 인간은 늘 초연결 기술과 함께 살아갑니다. 초연결 기술은 인간에게 큰 도움이 됩니다."

한 아이가 어려운 말을 쓰며 발표했다. 해리는 입가를 씰룩거렸다.

"웃기시네. 난 링링 고장 나서 수업에도 못 들어가고 있는데."

반 아이들이 일제히 고개를 돌려 해리를 쳐다보았다. 해리가 재빨리 입을 가렸다. 생각만 한 줄 알았는데 저도 모르게 소리 내어 말한 모양이었다. 아이들이 해리에게 개인 챗을 보냈다.

— 수업 방해하지 마라.

— 조용히 해 줄래?

— 수업에 못 들어오는 건 네 구형 링링 탓이지.

— 링링 나인으로 바꾸지 그래?

어느새 크기가 작아진 스크린 아래쪽에서 분홍색 말풍선이 하나씩 떠올랐다. 해리는 항변하려 챗을 쓰다가 스크린에 회색 말풍선이 떠오르는 걸 보고는 그만두었다. 분홍색과 회색 말풍선도 링링 나인과 링링 에잇의 차이였다.

아이들은 해리에게 한바탕 챗을 쏟아 내곤 언제 그랬냐는 듯 다시 수업에 집중했다. 태풍이 해리의 머릿속을 헤집고 지나간 것만 같았다. '구형 링링'이라는 말이 영 신경 쓰였다.

해리가 힘없이 창밖을 바라보았다. 하늘에서 까마귀가 날아가는 모습이 보였다.

"해리, 자습하세요."

가상 선생님이 해리의 수업 보기 권한마저 취소해 버렸다. 해리는 고장 난 링링처럼 이랬다저랬다 하는 선생님이 마음에 들지 않았다.

'아무래도 선생님 모습을 바꿔야겠어.'

프로그래밍에 따라 내리는 선생님의 지시를 바꿀 수는 없어도 모습은 바꾸고 싶었다. 해리는 선생님을 어떻게 바꿀까 생각하다 풀이 죽었다. 바꿔 봤자 링링 나인보다는 구릴 게 뻔했다.

김정혜진

참 이상한 일이었다. 링링 에잇이 신제품이었을 때는 모든 게 멋져 보여서 기분이 으쓱했는데.

드디어 쉬는 시간이 되었다. 전에는 쉬는 시간이면 아이들은 수다도 떨고 과자도 먹고 그랬는데 오늘은 아니었다. 머릿속에 떠오르는 마인드 디스플레이를 통해 비밀 챗으로 대화하는지 교실에는 적막이 감돌았다.

분위기가 이상했다. 해리는 혼자만 덩그러니 남겨진 듯했고 뭘 어떻게 해야 할지 도무지 알 수 없었다. 온몸으로 그 시간을 견디고만 있었다. 숨이 막혔다. 도망치듯 학교 옥상으로 올라갔다. 봄이 찾아왔는데도 옥상 정원의 나무와 화분들은 탁한 먼지를 뒤집어쓴 채로 시들어가고 있었다.

"엄마. 나 링링 새로 사야 돼."

해리는 여러 차례 시도한 끝에 간신히 엄마와 전화 연결이 되었다. 다짜고짜 새 링링을 사야 한다고 말했다.

"있는데 왜 또 사."

"잘 안된다고."

엄마가 달래듯이 말했다.

"당분간은 안 돼. 좀 참아."

엄마가 일터의 누군가에게 "네~ 갑니다."라고 외치는 소리가 들렸다.

"해리야. 동료가 부른다. 엄마 일하러 가야 돼. 끊는다."

"엄마!"

엄마가 전화를 끊었다. '동료는 무슨 동료. 그냥 로봇이라고 하면 되지.' 엄마가 하는 말에 전부 짜증이 났다. 엄마가 힘들다는 건 해리도 알고 있었다. 그렇지만 당장 버스도 못 타고 수업에도 못 들어가는데 어떻게 하라고. 이런 것도 참아야 하나? 화, 답답함, 속상함, 서운함이 부글부글 끓어올랐다.

먼 하늘에서 택배 드론 하나가 해리 쪽으로 다가왔다. 드론 몸체와 그 밑에 달린 카트가 광고판이 되어 깜빡거렸다.

"링링 나인은 혁신— 우리는 세상과 통합니다—"

배달지로 이동하던 택배 드론이 해리 앞에 잠깐 멈춰서 개인 맞춤형 광고를 보여 주었다.

"꺼져!"

해리가 소리를 질렀고 택배 드론은 이내 날아가 버렸다. 해리의 눈에서 왈칵 눈물이 쏟아졌다.

2

푸른 이파리들이 나무 끝에서 흔들리다가 땅으로 떨어졌다. 나무가 쓰러질 때마다 까마귀들이 날아오르며 까아악 울었다.

이곳은 까마귀들이 많아서 '까마귀 숲'이라고 불렸다. 사람들은 까마귀들이 싼 똥을 맞을까 봐 까마귀 숲에 잘 가지 않았다. 종종 탐조객이나 연구자들이 숲을 찾아가 까마귀들을 관찰할 뿐이었다.

그렇게 조용하던 까마귀 숲에 벌목 로봇들이 들어가 나무들을 쓰러뜨렸다. 택배 회사가 도시 변두리에 남은 숲을 밀어 버리고 대형 물류창고를 짓기로 한 것이다. 베어 낸 나무는 가구나 주택 자재로 팔 계획이었다. 재단 로봇들이 쓰러진 나무를 일정한 크기로 잘라서 트럭에 차곡차곡 실었다. 무인 트럭들이 나무를 가득 싣고 흙먼지를 풀풀 날리며 황무지가 되어 버린 땅을 달렸다. 갑자기 집을 잃은 까마귀들은 여전히 바람을 타고 숲 구석구석을 누비고 있었다.

까마귀 숲 벌목이 시작되기 전부터 야생조류보호단체와 시민사회단체는 드론 택배 회사가 환경을 훼손하고 까마귀들의 서식지를 파괴한다고 지적했다. 그러나 택배 회사는 시민들의 편의를 위한 일이라며 그대로 사업을 강행했다.

땅에 내려앉았던 까마귀 떼가 쓰러지는 나무들을 피해 다시 날아올랐다. 마른풀들이 흩날렸다. 지나가던 택배 드론 무리가 즉시 까마귀 떼를 감지했다. 갑자기 날아오른 까마귀 떼와 하늘 동선이 막혀 버린 택배 드론들의 대치. 드론 무리는 대형을 만들어 거대한 독수리처럼 변했다. 부웅 하며 한꺼번에 유기적으로 움직여 독수리의 날개를 펼쳤다. 그리고 마치 전기 파리채로 파리를 잡듯이 눈에 보이지 않는 격자무늬를 만들어 까마귀

떼에 전기 충격을 주었다. 까마귀들이 고통스럽게 깍깍깍 소리를 내며 흩어졌다.

투명한 격자무늬에서 전기 스파크가 튀자 어린 까마귀의 왼쪽 날개에 엉겨 붙은 마른풀이 불타기 시작했다. 날개 끝에 불이 붙은 어린 까마귀가 방향을 잡지 못하고 깍깍거리다가 공중에서 추락했다. 필사적으로 날갯짓을 하며 날아올랐지만 다시 곤두박질쳐 물류창고 공사 현장의 빈 상자 위에 떨어지고 말았다.

어린 까마귀의 푸드덕거리는 날개 위로 두툼하고 큰 손이 다가왔다. 손이 어린 까마귀의 등과 날개를 쥐며 불을 껐다. 까마귀가 검은 눈을 깜빡였다.

까마귀 날개에 붙은 불을 끈 건 물류창고 경비 로봇의 손이었다. 로봇은 어린 까마귀를 부드럽게 들어 올리고 스캔했다.

'불이 완전히 꺼졌음.'

'유해 조류.'

로봇이 어린 까마귀를 커다랗고 네모난 쓰레기통에 던져 넣고 제자리로 돌아갔다. 쓰레기통 문이 닫히는 사이 어린 까마귀는 가까스로 쓰레기통에서 탈출했다.

까마귀들의 영역이었던 숲도 하늘도 택배 드론의 주요 동선으로 변해 버린 세상이었다.

김정혜진

해리는 옥상에서 먼 하늘을 바라보았다. 우습게도 배가 고팠다. 맞춤형 광고를 보여 준 택배 드론에 화를 내고 울고 했더니 오전 수업이 모두 날아가고 점심시간이 되어 버렸다.

이랬다저랬다 하는 링링으로 급식실에서 점심 태그가 될까?

해리는 링링으로 처리해야 하는 모든 일이 걱정스러웠다. 급식실에 아예 가고 싶지 않아졌다. 반 아이들은 꼴도 보기 싫었다. 그래서 배가 고픈데도 점심시간을 옥상에서 뭉갰다. 옥상 정원에는 아무도 올라오지 않았고 참새들만 나뭇가지에 앉았다 가곤 했다.

해리는 여러 차례 접속 오류를 거친 다음에야 오후 수업에 들어갈 수 있었다. 식은땀이 났다. 벌써 지쳐 버려서 정작 수업에 들어가서는 아무 말도 하지 못했다. 스크린에는 오전에 보았던 심폐소생술 로봇에 이어 벌목 로봇과 재단 로봇이 등장했다. 규격에 맞게 잘린 나무들이 차곡차곡 쌓였다. 장면이 바뀌고, 숲이 사라진 곳에 멋진 공원이 만들어졌다. 곧이어 거리를 청소하는 로봇들의 모습이 보였다. 사람이 손을 대지 않아도 로봇이 사회 환경을 깨끗하게 정비하고 관리하는 영상이었다.

해리는 왜 굳이 학교에 나와서 이런 뻔한 수업을 들어야 하는지 이해할 수가 없었다. 학교에서는 온종일 로봇이 인간에게 도움이 되니 인간은 로봇과 함께 잘 지낼 수 있어야 한다고 가르치고 있었다. 그게 '로봇의 이해' 수업이었다.

엄마처럼 로봇 동료들과 함께 일해야 하니까 로봇과 잘 지내야 한다고 가르치는 걸까?

그러거나 말거나 해리는 쉬는 시간에도 점심시간에도 혼자였던 쓸쓸한 기분에 사로잡혀 나무들처럼 마음이 잘려 버린 것만 같았다. 해리는 자신이 쓰러지자 로봇이 다가와 인공호흡을 해 주는 상상을 했다. 사람들은 모두 멀찌감치 물러서서 구경만 하고 있었다. 생각만 해도 끔찍했다.

수업이 끝난 뒤 해리는 친구들과 인사도 나누지 않고 교실에서 나갔다. 해리에게 인사를 건네는 친구도 없었다.

하굣길에는 투명한 부스 안에서 로봇 팔이 햄버거를 만드는 맥도날드 오토맥이 있었다. 소형 서빙 부스였다. 점심 급식마저 포기했던 해리는 오토맥 안에서 로봇 팔이 이제 막 만들고 있는 신선한 햄버거를 그냥 지나칠 수 없었다.

수업이 끝나고 가방 속에 던져 넣었던 링링 에잇을 다시 꺼냈다. 달팽이 껍질 모양의 작은 플라스틱 조각을 만지작거리다가 관자놀이에 장착했다. 결제창에서 팅~ 소리가 울렸다. 그러면 그렇지. 해리는 얼굴을 찌푸리며 다시 눈높이의 결제창을 노려보았다. 눈을 스캔한 결제창에서 띠리링~ 소리가 울렸다. 결제가 완료되자마자 해리는 혹시라도 오류가 나서 결제가 취소될까 봐 곧바로 링링 접속을 해제했다. 오토맥이 금빛 포장지로 햄버거를 포장했고 마침내 오토맥의 작은 문이 열렸다. 햄버거를 손에 쥔 해리의 눈이 금색으로 빛났다. 오늘 처음으로 느끼는 따뜻한 기운이었다. 기분 좋게 돌아서는데 까만 무언가가 해리의 손으로 달려들어 햄버거를 낚아챘다.

"아악!"

해리가 소리를 지르며 공중으로 날아오르는 햄버거를 눈으로 좇았다.

"까마귀가 내 햄버거를 훔쳐 갔어!"

그랬다. 몸집이 작은 어린 까마귀였다. 힘이 부족한지 햄버거를 움켜쥔 까마귀는 높이 날아가지 못했다. 그사이 금빛 포장지가 풀려서 햄버거가 공중에서 스르르 떨어지려고 했다. 해리가 손을 뻗었다. 까마귀는 더 높이 올라가려고 날갯짓을 했다. 그 바람에 포장지가 완전히 벗겨진 햄버거가 해리의 손에 떨어졌다.

어린 까마귀가 까악 까악 울며 해리의 주변을 맴돌았다. 그러다가 오토맥 옆 나무 위에 내려앉았다. 해리는 으스대면서 보란 듯이 햄버거를 크게 한 입 베어 물었다. 어린 까마귀가 다시 햄버거를 노리며 날아왔다. 해리는 팔을 휘저어서 까마귀를 쫓으려 했고 어린 까마귀는 그 틈을 파고들어 햄버거가 아니라 다른 것을 가져갔다. 해리의 왼쪽 관자놀이에서 반짝거리는 링링을 낚아채 간 것이다. 눈 옆을 까마귀 부리가 아슬아슬하게 스치는 바람에 해리가 얼굴을 감싸 쥐며 비명을 질렀다. 어느새 몰려든 사람들이 영상을 찍어서 재밌는 영상을 올리는 플랫폼에 올렸다.

해리는 링링 에잇을 까마귀에게 빼앗기고 터덜터덜 집으로 돌아왔다. 밤늦게 퇴근한 엄마가 해리의 말을 듣고는 짜증을 냈다.

"아니 그걸 잃어버리면 어떻게 해!"

"까마귀가 훔쳐 갔다니까."

"말이 되는 소리를 해. 무슨 까마귀가 링링을 가져가. 네가 속이 있니 없니. 로봇들 사이에서 내가 얼마나 종종거리면서 일하는지 보면 네가 그런 거짓말은 안 하겠지!"

해리 엄마는 화를 눌러 삭이며 오래된 물건들을 쌓아 둔 옷장 안을 뒤지기 시작했다. 한참 동안 물건들 사이에서 씨름한 엄마는 작은 상자에서 고양이 귀 모양의 머리띠형 링링을 꺼냈다.

"당분간 이거 써."

해리는 엄마가 건네준 고양이 귀 링링을 마지못해 받아 들었다. 유치원에 다닐 때 쓰던 링링이었다. 머리띠에 쌓인 먼지 때문에 손에서 텁텁하고 찝찝한 느낌이 났다.

"이걸 어떻게 쓰란 말이야!"

해리는 고양이 귀 링링을 바닥에 내팽개치곤 자기 방으로 들어가 버렸다. '정말인데. 내가 잃어버린 게 아닌데. 까마귀가 가

저간 게 맞는데.' 해리는 억울하고 속상했다. 중학생더러 유치원 때 링링을 쓰라니 말이 되냐고. 링링 에잇도 친구들이 뭐라고 하는데 이건 더할 거라고. 해리는 침대에 몸을 날리고 이불을 머리끝까지 뒤집어썼다.

이불 속에서 울며 발차기를 하다가 집을 나가 버리고 싶다는 생각까지 했다. 이불을 몸에 둘둘 말고 이리 뒤척 저리 뒤척 하다가 스르르 잠에 빠져들 무렵이었다.

"야옹~"

해리가 벌떡 일어났다. 이건 고양이 귀 링링에서 나는 소리였다. 방문 밖에서 연거푸 알림음이 울렸다. 해리는 문을 빼꼼 열어 보았다. 엄마가 가느다랗게 코를 고는 소리가 들렸다. 많이 피곤했나 보다. 해리는 엄마가 문 앞에 놓아둔 고양이 귀 링링을 내려다보았다.

"야옹~"

유치원 때 쓰던 오래된 물건이 작동하고 있었다. 엄마가 충전시킨 모양이었다. 순간 아빠가 충전이 끝난 고양이 귀 링링을 머리에 씌워 주던 기억이 났다. 그때의 아빠 손길도.

해리는 조용히 고양이 귀 링링을 방으로 가지고 들어와 머리에 썼다.

까마귀가 훔쳐 간 링링 에잇은 젤리 촉수를 접속 장치로 쓰지만 유치원 때 썼던 머리띠형 고양이 귀 링링은 센서를 통해 뇌와 전기 신호를 주고받는 방식이었다. 해리는 이 전기 신호를 원활하게 주고받기 위해 태어나자마자 작은 칩을 머리에 이식받은 세대였다. 젤리 촉수라는 심해 해파리의 생태적 특성을 활용한 최신형 링링은 수분이 날아가면 연결이 불안정해졌기 때문에 머리띠형 링링이 접속 유지의 측면에서 좀 더 안정적이었다. 하지만 머리띠형 링링은 머리에 칩을 이식받아야 한다는 부담이 있었다. 인간 뇌에 칩을 심는다는 것에 대한 사람들의 반감이 점점 커지면서 링링은 젤리 촉수 기반으로 바뀌게 되었다.

머리 위에서 고양이 귀가 녹색으로 반짝거렸다. 해리 뇌와 머리띠형 링링이 연결됐다는 표시였다. 기기가 달라졌어도 해리의 계정은 하나였다. 어쩌면 잃어버린 링링 에잇의 행방을 알 수 있을지도 몰랐다. 아니나 다를까. 해리가 눈을 두 번 깜빡이자 계정이 열리면서 링링 에잇의 신호가 잡혔다. 신호가 지도 위에서 반짝이며 실시간으로 움직였다. 분명 누군가 링링을 주워서 사용하는 게 분명했다.

'생체 정보 때문에 나하고만 연결될 텐데, 누군가 자기 뇌와 연결시켰다니. 설마 해킹한 거야?'

해리의 걱정이 풍선처럼 부풀어 올랐다.

'이게 다 그놈의 까마귀 때문이야!'

해리가 자기 계정에 곧바로 챗을 날렸다. 자기가 자기한테 말을 거는 셈이었다.

김정혜진

— 혹시 링링 주우셨어요?

상대방은 아무런 대답도 하지 않았다.

— 제 거니까 빨리 돌려주세요.

이렇게 챗을 보내면서도 해리는 차라리 잃어버린 링링을 포기할까 싶었다. 되찾아 봤자 제대로 작동도 안 하는데. 하지만 링링 에잇을 주운 사람이 개인정보에 접근해 내 일기라도 본다면? 해리의 마음이 급해졌다.

— 내 링링 내놔!

몇 초 후 답이 왔다.

— ㅛㅓ―ㅐ

이게 뭐람. 도저히 뜻을 알 수 없는 문자였다. 작은 동그라미 세 개가 차례로 깜빡이며 서비스가 지연된다는 표시가 떴다.

— 내 링링 돌려달라고요!

— ㅇㅎㅎㅎ

해리는 화가 났다.

— 지금 장난해?

답챗이 오는 대신 "뭔가 잘못됐습니다. 다시 시도해 볼게요." 라는 안내 문구가 떴다.

잠시 후 해리 머릿속에 번개가 내려친듯 번쩍 섬광이 스치더니 눈앞이 환해졌다. 곧 어떤 소리가 들렸다.

나는 장난 좋아한다―

4

어젯밤 미지의 누군가와 긴 대화를 나누며 해리는 밤을 지새
웠다. 미지의 누군가는 도시와 맞닿은 숲에 대해 많이 알고 있
었다. 지난겨울 도시와 숲을 오가며 본 풍경들을 해리에게 들
려주었다. 길에서 죽은 작은 동물들, 그리고 도시에서 구호를
외치다가 눈 내린 숲으로 와 새 먹이를 챙겨 주는 사람들…….

해리는 창문을 열고 새벽 공기를 들이마셨다. 창가에 설치된
에어컨 실외기에 여린 나뭇잎 하나가 떨어져 있었다. 해리는 연
두색 나뭇잎을 방 안 책상 위로 가져왔다. 곰곰이 생각하다가
유리컵에 물을 담고 나뭇잎을 꽂아 놓았다.

고양이 귀 링링을 쓰고 아침 일찍 학교로 향했다. 버스에 당
당하게 올라탔다. 누가 자기를 이상하게 볼까 봐 잠깐 신경이 쓰
였지만 '내가 뭘 잘못했다고 버스도 못 타고 밥도 못 먹어?'라는
생각이 들었다. 해리는 더 이상 움츠러들지 않기로 했다.

링링 에잇을 주운 아이와 즐거운 대화를 할 수 있다면 고양이
귀 링링을 쓰는 것 정도는 얼마든지 할 수 있었다. 어떻게 하룻
밤 새 모르는 아이와 속얘기를 나눌 만큼 가까워졌을까? 해리
는 어젯밤에 나눈 대화를 다시 떠올려 보았다.

나는 딱딱한 새 때문에 엄마 아빠 잃어버렸어―

"어쩌다가? 그리고 딱딱한 새라니?"

링링 서비스가 지연되는 듯 작은 동그라미 세 개가 차례로 깜빡였다.

드론 때문에 사고가 났어—

"아, 넌 드론을 딱딱한 새라고 불러?"

해리는 드론 추락 사고 때문에 돌아가신 아빠가 어쩔 수 없이 생각났다.

"우리 아빠도 드론 사고로 돌아가셨는데. 1년 전에……."

사람들은 종종 드론 때문에 다치거나 죽기도 했다. 해리는 자신과 마찬가지로 소중한 가족을 잃은 누군가에게 애틋한 마음이 생겼다. 조금 있다가 뜻밖의 말이 들려왔다.

힘들겠다—

미지의 아이가 한 말은 어느 누구도 해리에게 건넨 적 없는 말이었다. 해리는 저도 모르게 한 번도 해 보지 않은 말을 미지의 아이에게 건넸다.

"나는 있잖아. 힘들 때 돌멩이 줍는다. 단단해지고 싶어서. 웃기지."

나는 반짝이는 거 좋아해—

특별한 목소리가 들려올 때마다 눈앞이 환해졌다. 그 목소리는 해리 마음까지 밝혔다.

해리가 물었다.

"반짝이는 거 뭐?"

반짝이는 캔따개, 반짝이는 구슬, 반짝이는 열쇠— 반짝이는 건 무엇이든 다—

"넌 힘들 때마다 그런 걸 줍는 거야?"

좋아— 모으면 좋아—

해리는 미지의 아이가 힘들고 슬픈 일을 잘 이겨 내고 있다는 생각이 들었다. '나도 그럴 수 있을까?' 어느새 해리 얼굴에는 무지개가 뜬 것처럼 가벼운 미소가 떠올랐다.

"넌 참 재미있는 아이구나."

또 작은 동그라미 세 개가 차례로 깜빡였다.

재미있다는 건 무엇인가?—

"장난치기는. 링링 돌려줄 거지?"

링링은 반짝인다—

해리는 미지의 아이와 나눈 대화를 떠올리느라 오전 수업을 듣는 둥 마는 둥 하고 학교 식당으로 향했다. 아이들은 이미 점심을 먹고 있었다. 반 친구들이 해리를 힐끔거리며 자기들끼리 챗을 주고받았지만 해리는 신경 쓰지 않았다.

해리가 고양이 귀 링링을 쓴 채로 급식 로봇 앞에 섰다. 머리띠형 링링은 생체 연결이 완전하지 않아 눈 대신 머리띠를 스캔해야 했다. 고양이 귀를 로봇 스캐너에 태그하느라 해리가 고개를 숙였는데 그 모습이 로봇에게 인사를 하는 것처럼 보였다.

김정혜진

"와하하하."

급식실 한쪽에서 아이들의 웃음소리가 들렸다. 해리는 잠깐 움찔했으나 미지의 아이를 떠올리곤 마음을 폈다.

"강해리 학생, 오늘의 메인 메뉴는 생선가스랍니다. 맛있게 먹어요."

급식 로봇이 말했다. 타르타르소스가 뿌려진 고소한 생선가스 냄새가 해리 코를 간지럽혔다. 회전 벨트에서 식판을 집어 들고 어디에 앉을지 둘러보는데 평소 같이 밥을 먹던 아이들조차 해리와 눈을 마주치지 않으려고 고개를 돌렸다. 해리는 멀찍이 떨어진 테이블에 혼자 앉았다.

"친구들이 나랑 앉기 싫어하네."

해리가 혼잣말을 하듯 미지의 아이에게 말했다.

나랑 친구잖아—

정말 미지의 아이와 친구가 됐다는 생각이 들었다. '어쩌면 서로 운명적인 친구가 되려고 이 아이가 내 링링을 주웠는지도 몰라.' 해리는 배시시 웃으면서 포크로 생선가스를 먹기 시작했다. 바삭한 튀김과 함께 도톰한 흰 살이 입안에서 부드럽게 씹혔다. 그때였다.

"해리야, 너 유명해졌더라. 까마귀랑 놀던데?"

불길했다.

"얘들아. 이 영상 봤어?"

아이들이 웃으면서 다가왔다.

"와, 까마귀가 링링을 가져가네?"

"아~ 그래서 고양이 귀를 쓴 거야?"

"그래도 너무했다."

"이거 작동은 하는 거야?"

아이들이 키득거렸다.

"야, 고양이랑 까마귀가 친하냐?"

"같은 동물이잖아."

"냐옹~ 야오옹~ 애옹~ 해리 유치원생이네."

"유치원생이라니. 아니지. 까마귀 친구지."

"까마귀 친구라니. 아니지. 고양이잖아."

"고양이 밥 맛있어?"

한 아이가 해리의 식판에서 생선가스를 가져갔다. 그러자 다들 따라서 식판의 음식들을 함부로 가져갔다. 먹지도 않을 거면서 장난삼아 그랬다. 아이들은 해리가 어떻게 하나 지켜보며 짓궂은 표정을 지었다. 얼마 전까지만 해도 아무 일 없이 해리와 얘기하던 친구들이었다. 텅 비어 버린 식판처럼 온몸이 싸늘하게 식어 버리는 것 같았다. 해리는 의자를 드르륵 밀고 일어나 급식실에서 걸어 나갔다. 뛰어나가고 싶었지만 애써 담담한 척 걸음걸음 힘을 주었다. 마치 상처받지 않았다는 듯이.

옥상 정원에 도착하자마자 해리는 무너지듯 벤치에 주저앉았다. 화가 났다. 급식실에서 바로 소리쳐 화내지 못한 자신이 답답했다. 해리는 빈 하늘을 향해 "아아아악!" 소리를 질렀다.

먼 하늘에 까만 점이 나타났다. 링링 나인 신제품을 광고하려고 드론이 또 접근해 오는 것이었다.

"꺼지라고!"

택배 드론이 떠나갔다. 모든 게 엉망이었다. 해리는 펑펑 울고 싶었지만 참고 또 참았다. 학교에서 울고 싶지 않았다. 더 정확하게는 울고 난 얼굴을 반 아이들에게 보이고 싶지 않았다. 뭔가 지는 것만 같아서. 발 옆에 있는 돌멩이를 주웠다. 돌멩이를 만지작거리다 '이게 다 무슨 소용이야.' 하는 생각에 던져 버리려는 순간, 또다시 눈앞이 환해졌다.

해리. 괜찮아?—

"……내 이름을 어떻게 알아? 어제 내가 말했었나?"

그냥 알게 됐어. 친구들이 너를 그렇게 부르는 게 들리고 보였어—

미지의 아이가 급식실에서 있었던 일을 다 알아 버렸다니 해리는 당황스러웠다. 이 아이에게만큼은 절대 초라해 보이고 싶지 않았다. 모든 일들이 부당하고 억울하게 느껴졌다.

"이거 참 불공평하네! 고양이 귀 링링이 구형이고 링링 에잇은 더 신형이라 그런 거야? 나는 너를 모르는데 너는 다 알고. 와, 어이없네!"

해리는 계속 흥분한 채로 말했다.

"그리고 걔네는 이제 친구들 아니야! 무슨 친구들이 그래!"

나는 해리 친구야?―

해리가 눈을 동그랗게 떴다. 다짜고짜 목소리를 높인 게 조금 부끄러워졌다.

"어, 친구 맞지……."

해리가 말끝을 흐리며 답한 뒤 이어 말했다.

"그런데 난 네 이름도 모르는데."

나는 해리투―

실제로 연결 기기 목록에 링링 에잇은 '해리2'라고 자동으로 변경 등록돼 있었다. 해리 계정에 고양이 귀 링링과 링링 에잇이 동시에 로그인되었기 때문이다. 해리는 피식 웃음이 났다.

"해리투 재밌네. 진짜 이름은 비밀인 거야?"

작은 동그라미 세 개가 차례로 깜빡이다가 다시 대화가 이어졌다.

진짜 이름이란 무엇인가? 비밀이란 무엇인가?―

"또 장난치네. 마음대로 해. 진짜로 해리투라고 부른다."

나는 해리투―

해리는 살짝 서운해졌다. '아니, 친구인데 나만 이름을 모른다는 게 말이 돼?' 해리는 먼 하늘에 시선을 두면서 구름 사이로 부지런히 이동하는 택배 드론들을 바라보았다.

그런데 아이들은 너한테 왜 그러는 거야? 이제 친구가 아니게 된 아

이들 말이야—

"모르겠어. 내가 최신형 링링을 안 써서 그런가 봐."

작고 반짝이는 게 없다고 너를 괴롭혀?—

해리는 순간 눈물이 나오려고 했다. 눈물을 꾹 참자 눈물 대신 엉뚱한 말이 흘러나왔다.

"나는 반짝이지 않나 봐."

해리는 이유를 알 수 없이 서러워졌다.

내가 해리의 반짝이는 링링을 가져가서?—

해리는 바로 대답하지 않았다. 잃어버린 링링이야 이젠 돌려받아도 그만 못 돌려받아도 그만이었다. 링링 에잇을 장착해도 아이들은 계속 해리를 따돌리고 괴롭힐 게 분명했다. 해리는 링링의 소재보다는 해리투가 지금 자기에게 미안해할까 봐 그게 더 신경 쓰였다.

우리 만날까?—

전혀 예상하지 못한 말이었다.

만나서 링링을 돌려줄게—

해리의 마음이 두근거렸다.

"좋아. 만나자."

오토맥 앞에서, 어때?—

순간 해리의 머릿속에 무대가 펼쳐졌다. 오토맥 로봇 팔이 오른쪽을 가리키자 해리가 등장하고, 왼쪽을 가리키자 해리투가

등장했다. 스포트라이트가 두 사람을 환하게 비추었다. 상상 속
에서 해리투는 여자아이였다. 해리는 해리투가 동갑내기 여자
아이였으면 좋겠다고 생각했다.

"그래. 학교 끝나고 거기서 보자. 그런데 음…… 서로 어떻게
알아보지?"

둘 다 노란 꽃을 들고 있을까?—

"노란 꽃? 좋아!"

해리가 웃음을 되찾았다. 해리의 상상 속 무대에서 오토맥 로
봇 팔이 해리와 해리투에게 노란 꽃을 한 송이씩 전해 주었다.

5

해리가 오토맥 앞에서 서성거렸다. 머리에는 고양이 귀 링링
을 쓰고 손에는 학교 옥상에서 꺾은 노란 꽃 한 송이를 든 채였
다. 먼지를 뒤집어쓴 화분 한 켠에서 새로 피어난 꽃이었다. 노
란 꽃의 도톰한 줄기가 해리 손에서 흔들릴 때마다 달콤한 꽃향
기가 기분 좋게 퍼졌다. 해리투와 만나서 정말 좋은 친구가 된
다면 학교 아이들이 자기를 놀리고 따돌린대도 견뎌 낼 수 있
을 것 같았다. 해리는 두근거리는 마음으로 노란 꽃을 든 해리
투를 기다렸다.

하지만 노란 꽃을 든 아이는 없었다. 오토맥이 아니라 맥도날

드 매장에 있을까 싶어 백 미터쯤 걸어가 매장에 들어가 보았지만 노란 꽃은커녕 노란 옷을 입은 사람도 보이지 않았다. 다시 오토맥 쪽으로 돌아왔다. 이제 막 햄버거를 꺼내는 아이와 아이의 아빠만 보일 뿐이었다.

난 아까부터 도착해 있었어—

해리가 깜짝 놀라 말했다.

"이미 도착했다고? 안 보이는데?"

잘 찾아봐—

"날 봤으면 말을 걸지 않고."

해리는 오토맥 앞에서 두리번거렸다.

"없잖아. 너 나랑 무슨 게임이라도 하자는 거야?"

있어. 고개를 들어 봐—

해리는 해리투 말대로 고개를 들었다. 고양이 귀가 살짝 흔들렸다. 오토맥 옆 나무 위에서 노란 꽃을 부리에 문 까마귀가 해리를 내려다보고 있었다.

노란 꽃을 물고 있잖아—

해리의 머릿속이 노래졌다. 햄버거를 훔치려다가 링링을 훔쳐 갔던 그 까마귀였다.

"……야!"

야 아니고 해리투—

해리투가 까마귀였다니. 내가 도둑 까마귀랑 얘기한 거였다니!

해리는 기가 막혔다.

"너 거지냐? 도둑이야?"

해리투가 부리로 물고 있던 노란 꽃을 해리 쪽으로 떨어뜨렸다. 해리가 얼떨결에 손을 뻗어 꽃을 받았다. 들고 있던 꽃까지 합쳐서 이제 두 송이의 노란 꽃이 손바닥에 놓여 있었다. 허탈했던 마음이 풀리면서 표정이 좀 누그러졌다. 해리투가 날개를 퍼덕였다.

하는 수 없이 해리는 오토맥에서 더블패티버거와 생수를 꺼낸 뒤 근처에 있는 작은 공원으로 걸어갔다. 해리투가 보도블록 위를 걸어서 해리 뒤를 쫓아갔다. 길을 지나는 사람들이 신기하다는 듯 해리투를 쳐다보았다.

해리와 해리투가 공원 벤치에 나란히 앉았다. 고양이 귀 링링을 쓴 소녀와 어린 까마귀였다. 해리는 더블패티버거를 반으로 잘라서 해리투 쪽으로 밀어 주었다. 해리투가 정신없이 버거를 부리로 쪼아 댔다. 해리도 남은 버거를 베어 물고 우물거렸다. 생수 뚜껑에 물을 따라 해리투 앞에 놓아 주고 자기도 물을 마셨다. 해리투는 쉬지 않고 햄버거를 먹어 치웠다. 해리가 해리투를 바라보다가 말했다.

"이제 다 먹었으면 링링 줘."

해리투는 날개 한쪽을 활짝 열고 부리로 까만 깃털 사이에서 반짝이는 조각을 꺼냈다. 통통거리며 해리 쪽으로 다가와 반짝이는 조각을 내려놓았다. 깨진 링링 조각이었다.

"이거 왜 이래?"

해리 얼굴이 붉어졌다. 까마귀한테도 괴롭힘을 당한다는 생각이 들어 화가 났다.

"이거 왜 깨졌냐고!"

머릿속에서 해리투의 목소리가 들렸다.

해리, 진정해. 왜 이렇게 됐는지 보여 줄게―

"내가 지금 진정하게 생겼……."

말을 다 마치기도 전에 해리의 눈앞이 환해졌다. 해리는 갑자기 머리가 어지럽고 몸이 붕 떠오르는 것 같은 이상한 감각에 휩싸였다. 해리투의 기억이 안개처럼 퍼져 나가 해리의 의식 속에 스며들었다.

해리는 어느새 도시 상가 건물들 사이 구석진 곳에 있었다. 딛고 선 곳을 살펴보니 에어컨 실외기 위였다. 앉은 것도 아니고 선 것도 아닌 낯선 감각이 해리에게 전해졌다. 해리는 자기 얼굴 앞쪽으로 까만 부리가 나온 것을 보았다.

까만 부리 끝이 링링을 조준했다. 까마귀가 훔쳐 갔던 해리의 링링 에잇이었다! 마치 겉이 딱딱한 열매를 깨뜨리려는 것처럼 까만 부리가 링링을 내려치다가 링링 표면을 스치며 미끄러졌다. 해리는 자기 입에 충격이 오는 것 같아 움찔거렸다.

톡톡 쪼아도 링링은 잘 열리지 않았다. 이번에 해리는 까만 부리로 링링을 물고 실외기에서 날아올랐다. 상가 건물들 사이 그늘을 벗어나 하늘을 가로질렀다. 해리가 평소 올려다보던 가로수와 신호등이 내려다보이고 날개 끝 깃털이 바람에 휘날렸다. 해리투는, 아니 해리는 도로 신호등 위에 안착했다. 아무도 까마귀를 신경 쓰지 않았다. 이번에는 훌쩍 도로 한가운데 공중으로 떠올라 링링을 도로에 떨어뜨렸다.

"악!"

멀어지는 링링을 내려다보며 해리가 소리를 질렀다.

무인 버스가 링링을 밟고 지나갔다……. 링링이 쪼개졌다. 조각난 링링에서 젤리 촉수가 새어 나왔다. 미끄러운 지렁이처럼 보였다. 젤리 촉수가 도로 위에 미끄러지는 순간 정지 신호를 받은 자동차들이 멈춰섰고 해리가 재빠르게 낙하했다. 정확히 링링이 쪼개진 자리에 착륙해서 부리로 젤리 촉수를 물었다. 부리 끝에서 지렁이가 꿈틀거리는 것 같았다. 순식간에 젤리 촉수를 꿀꺽 삼켰고 해리는 새콤한 맛이 느껴져 침을 삼켰다. 곧 목구멍과 코가 간질간질해 오더니 무언가 머리 쪽으로 움직여 나아가는 느낌이 들었다. 남은 링링 조각들을 근처 고깃집 간판 위로 옮기는 사이 다시 신호가 바뀌어 자동차들이 빵빵거렸다.

아슬아슬하게 도로 위에 착륙했다가 몇 차례 또 날아올랐다. 해리의 시야에서 천천히 까만 부리 끝이 사라졌고 머릿속에서 해리투의 목소리가 들렸다.

내가 반짝이는 링링을 모았어―

그 순간 택배 드론 하나가 붕 소리를 내며 해리와 해리투 쪽으로 다가왔다. 그러고는 해리투에게 전기 충격을 가하려고 했다. 택배 드론은 하늘 동선에 나타났던 까마귀들의 생김새 정보를 기록해 두었다가 언제든 다시 마주치면 처리하려고 들었다. 영리한 까마귀가 드론을 기억해 두었다가 먼저 공격해 올 수도 있어서였다.

해리가 해리투와 연결됐던 감각에서 벗어나기도 전에 맞닥뜨린 상황이었다. 해리는 저도 모르게 해리투와 택배 드론 사이에 끼어들었다. 방금 전까지 해리투의 세상을 보아서인지 해리는 해리투가 된 듯 반사적으로 움직였다.

해리는 벤치에 내려놓았던 노란 꽃 두 송이를 들고 택배 드론에 달려들었다. 어쩌면 마음 깊은 곳에서 드론 때문에 돌아가신 아빠가 떠올랐는지도 몰랐다.

"이야아아아아!"

택배 드론이 해리의 얼굴을 스캔하고 사람이란 걸 인지했다. 해리가 후진 비행하는 택배 드론을 노란 꽃 두 송이로 내리쳤다. 드론 프로펠러에 노란 꽃의 줄기가 엉키면서 드론은 공원 분수대 석조상 위로 떨어졌다가, 몸체 일부가 부서지며 물에 빠졌다. 공원을 순찰하던 로봇 경찰이 이를 발견하고 해리에게 다가왔다. 그사이 해리투는 높은 나무 위로 날아갔다.

로봇 경찰이 해리의 정보를 조회한 뒤 말했다.

"강해리 님. 택배 기업의 자산을 파손하였습니다."

"무슨 소리예요! 드론이 까마귀를 죽이려고 했다고요!"

"반려 까마귀인가요?"

"네?"

"강해리 님이 소유한 까마귀를 드론이 공격하였습니까?"

"그게……."

해리는 뭐라고 대답해야 할지 혼란스러웠다. 해리투가 나의 반려 까마귀일까? 해리투가 나의 소유물인가? 그건 아닌데……. 해리의 머릿속에 여러 가지 물음들이 떠올랐다. 해리가 어물거리는 걸 보고 로봇 경찰이 말했다.

"정확히 말씀해 주십시오. 강해리 님이 소유한 까마귀가 맞습니까?"

해리가 한 번 더 생각해 본 뒤 말했다.

"내 반려 까마귀 맞아요."

6

학교에 소문이 빠르게 퍼졌다. 반 아이들뿐만 아니라 학교의 모든 학생들이 해리를 힐끔거렸다.

"쟤야, 까마귀랑 노는 애."

"까마귀한테 링링을 뺏겨 놓고 까마귀랑 논다고?"

"유치원 때 링링을 쓰질 않나. 까마귀랑 햄버거를 나눠 먹질 않나. 택배 드론을 부수질 않나."

"아니 그걸 왜 부숴?"

"해리 쟤 이상해."

지난번에 아이들은 해리만 빼고 비밀 챗으로 말하더니 오늘은 들으라는 듯이 소리 내어 말했다. 해리는 어두운 표정으로 의자에 앉아 애꿎은 다리만 떨었다.

해리—

해리의 머릿속에서 해리투의 목소리가 들렸다.

해리! 밖을 봐—

해리가 고개를 들어 창밖을 바라보았다. 해리투가 저만치 떨어진 나무에 앉아서 해리를 지켜보고 있었다.

괜찮아? 어제 고마웠어—

다시 들려오는 해리투의 목소리. 해리는 대답하지 않고 고개를 숙였다. 해리투는 까맣고 동그란 눈을 깜빡이며 그런 해리를 가만히 바라보았다.

해리투의 요청을 받은 고양이 귀 링링이 녹색으로 반짝였다. 해리의 기억이 해리투에게로 흘러들었다.

해리는 어제 엄마가 날 선 목소리로 자신을 혼내던 장면이 떠올라 괴로워하던 참이었다. 무엇보다 너에게 실망했다는 표정과 시선……. 엄마는 해리를 정말 못마땅하다는 듯 쳐다보았다. 해리투는 그 눈빛을 보고 해리처럼 몸이 굳어 버렸다.

"이젠 내가 너 때문에 경찰도 만나야 하니? 바빠 죽겠는데 일하다 말고 경찰서에나 가야겠어? 남의 물건 부수는 자식 됐다고 하면 내가 참 일할 데가 많겠네."

엄마는 한숨을 쉬고 이어 말했다.

"내가 너를 어떻게 키우는데! 기계들한테 웃고 인사하면서! 힘들게 일하는 엄마 생각은 안 하니?"

엄마는 해리에게 무슨 일이 있었던 거냐고, 왜 그랬던 거냐고 묻지 않았다. 견고한 벽이 엄마와 해리 사이에 가로놓여 있는 듯했다. 해리는 벽에 대고 외치고 싶었다. '엄마! 나를 좀 봐줘! 내 마음도 좀 봐줘!'

해리의 목구멍을 막고 있던 말들이 거칠게 튀어나왔다.

"누가 나 낳아 달라고 했어? 나한텐 관심도 없잖아!"

"뭐?"

"이게 다 엄마 때문이야. 엄마가 새 링링을 안 사 줘서 생긴 일이라고!"

엄마의 손이 파르르 떨렸다. 이내 그 손은 해리의 몸을 돌려 세우고 등을 밀어 버렸다. 해리의 몸이 몇 걸음 떠밀렸다. 해리투도 자기 몸을 떠미는 낯선 힘을 느끼고 나무에서 떨어질 뻔했다. 해리가 엄마에게 등을 보인 채 덩그러니 홀로 서 있었다. 그러다 문을 쾅 닫고 방으로 들어가 버렸다.

"강해리!"

엄마의 목소리가 방문에 부딪쳤다. 해리는 이불을 뒤집어쓰고 엉엉 울었다. 그렇게 서럽게 울어 본 적이 없었다.

그런 일이 있었구나—

해리투는 해리의 슬픈 기억을 체험하며 기운이 쑥 빠져 버렸다. 몸이 무겁게 가라앉았다. 해리투도 엄마에게 등을 떠밀려 덩그러니 홀로 선 외로운 아이가 되었다.

해리투는 갑자기 한기를 느꼈다. 다시 겨울이 온 것 같았다.

춥다—

해리는 아무 말도 하지 않았다.

해리투는 자기 몸에서 새로운 깃털이 아프게 솟아오르는 걸 느꼈다. 부리로 깃털을 다듬고 날개를 펼쳤다. 푸드덕 날아올랐다. 방금까지 해리투가 앉아 있던 나뭇가지가 흔들렸다.

7

며칠 후, 해리는 알람시계에서 흘러나오는 사용자 맞춤형 뉴스를 들으며 눈을 떴다.

"어제 오후 하늘에서 택배 드론과 까마귀가 서로를 공격한 일이 있었죠. 이 사건을 계기로 택배 드론의 하늘 동선이 바뀔 예정입니다. 사건 영상을 본 누리꾼들이 까마귀들이 다치지 않도록 드론 동선을 바꿔 달라고 택배 회사에 수천 건의 민원을 넣었기 때문인데요. 그동안 야생조류보호단체와 시민사회단체들은 드론 택배 회사가 까마귀 숲에 창고를 짓고 하늘 동선을 장악하는 등 환경을 훼손하고 조류 서식지를 파괴한다고 지적해 왔습니다. 단체들은 택배 회사를 움직이게 한 누리꾼들에게 감사를 표했고, 택배 회사는 이번 결정으로 택배가 다소 늦게 도착할 수 있다고 발표했습니다."

해리가 벌떡 일어났다. 왠지 해리투와 관련된 소식인 것 같았다. 하늘을 살펴보려고 창문을 활짝 열었다. 에어컨 실외기 위에 아침 뉴스만큼이나 예상치 못했던 상황이 펼쳐져 있었다.

반짝이는 것들과⋯⋯ 해리투.

해리투가 에어컨 실외기에 얼굴을 파묻고 있었다. 힘없이 날개를 펼친 채였다.

해리가 해리투를 조심스레 안고 깃털을 매만졌다. 그러자 머릿속에 전기 충격을 받은 것처럼 섬광이 보이고 목이 타들어 갔다. 눈물이 고이며 눈앞이 환해졌다.

해리는 해리투가 도시를 누비던 하루하루를 보았다. 해리투는 반짝이는 것들을 물고 와 해리 방 에어컨 실외기 위에 모아 두고 있었다. 작은 열쇠, 단추, 도토리, 금속 조각, 유리 조각, 병

뚜껑, 버려진 목걸이, 머리끈, 녹은 채 굳어 버린 사탕, 햄버거를 쌌던 금빛 포장지, 그리고 작은 돌멩이들……. 작은 돌멩이를 부리로 물고 오던 날은 봄비가 내렸다. 해리는 날개 끝에서 빗방울이 떨어지는 것을 느꼈다.

링링 연결이 약해져 해리투의 기억에서 빠져나오자 반짝이는 것들 위에 떨어진 까만 깃털들이 보였다. 아침 햇빛을 받아 군데군데 초록색이나 파란색으로 빛나고 있었다. 해리는 해리투가 에어컨 실외기에 추락하듯 착륙했다는 걸 알 수 있었다.

다시 해리투가 날고 있는 하늘이 보였다. 택배 드론들로 가득한 까마귀 숲의 하늘이었다.

해리는 드론의 프로펠러와 파편으로 위장한 자신의 몸을 인식하고 깜짝 놀랐다. 공원에서 해리가 망가뜨린 택배 드론의 파편들이었다. 부리로 드론 프로펠러를 물고 날개 깃털 사이에 깨진 드론 조각들을 끼운 채였다. 이동하던 택배 드론들은 드론 조각에 새겨진 인식 번호를 스캔하고 해리를 스쳐 지나갔다.

해리는 시끄럽게 이착륙하는 드론들을 피해 날다가 링링 나인을 광고하는 택배 드론을 발견하고 뒤를 쫓아갔다.

"해리투, 안 돼!"

해리가 외쳤다.

해리는 링링 광고를 하는 택배 드론을 습격했고 링링 나인 신제품이 그려진 작은 상자가 떨어졌다. 공중에서 묘기를 부리듯

발톱과 부리로 상자를 낚아채려 했지만 택배 드론들이 순식간에 몰려와 해리에게 전기 충격을 가했다. 하늘이 뒤집어졌다. 해리가 균형을 잃고 곤두박질치기 시작했다. 바람에 아무렇게나 나뭇잎처럼 해리의 날개가 펄럭였다. 해리는 등에 자라난 검은 날개가 살을 파고드는 듯한 고통을 느꼈다. 거센 바람이 무섭게 몸을 휘감았다. 세상이 빙글빙글 돌고 폭죽이 터지는 듯 해리의 눈앞이 번쩍거렸다.

해리. 난 어디로 가야 할지 모르겠어. 나무들도 사라지고 같이 날던 까마귀들도 흩어졌고 하늘에는 온통 딱딱한 새들뿐이야. 날기 힘들고 다 싫다—

하지만 나, 해리 너는 좋아해. 그래서 반짝이는 걸 주고 싶었어—

해리가 해리투의 기억에서 빠져나왔다. 손끝에서 해리투의 몸이 서서히 굳어 가는 게 느껴졌다. 해리는 가만히 있을 수 없었다. 번뜩 학교 수업에서 보았던 심폐소생술 로봇이 떠올랐다. 심폐소생술 로봇도 까마귀를 살리려고 할까?

해리는 조심스레 해리투의 몸을 잡고 검지로 가슴을 압박했다. 해리투의 부리를 벌리고 숨을 불어넣었다. 그렇게 한참 동안 해리투에게 심폐소생술을 하자 해리투의 몸이 다시 풀어지는 것이 느껴졌다. 해리투의 숨이 돌아왔다.

"해리투? 내가 전에 너한테 거지냐고 도둑이냐고 한 거 미안해. 너 거지 아니야. 도둑도 아니야. 그리고 해리투도 아니야."

김정혜진

해리는 잠시 숨을 고르고 속삭였다.

"너는 내 진짜 친구야."

해리투의 목소리가 들리지 않았다.

까악. 까악. 까악.

이건 해리투가 내는 소리가 아니었다. 하늘이 새카맣게 변하며 까마귀 떼가 몰려오기 시작했다. 해리투가, 아니 더는 해리투가 아니게 된 까마귀가 눈을 떴다. 몸을 부르르 털고 일어나 날아갈 준비를 했다. 해리는 곧 일어날 일을 예감했다.

"넌 언제든지 나한테 올 수 있어. 알지?"

까아.

해리는 더 이상 까마귀 소리를 이해할 수 없었다. 드론들이 전기 충격을 준 탓에 까마귀가 삼켰던 젤리 촉수에서 수분이 빠르게 날아가 버렸고 링링은 더 이상 까마귀 소리를 해독하지도 인간에게 통역해 주지도 못했다. 인간과 동물이 이야기를 나누고 서로의 시공간을 체험하게 된 것은 아무도 예상하지 못한 링링의 기능이었다.

까마귀가 에어컨 실외기에서 하늘로 솟구쳐 올랐다. 해리는 까마귀가 다른 까마귀들 속으로 날아가는 모습을 한참 동안 바라보았다.

김누아의 가설

길상효

길
상
호

「소년 시절」로 제3회 한국과학문학
상을, 『깊은 밤 필통 안에서』로 제
10회 비룡소문학상을, 『동갑』으로
제5회 웅진주니어그림책상을 수상했
다. 동화 『무엇이든 다람쥐 기자』 등
을 썼고, 청소년 앤솔러지 『우리의 비
밀은 그곳에』, 『2100년 12월 31일』
등에 참여했다.

3월의 나는 12월의 나만큼이나 끔찍하다.

◆

"그렇다고 죽고 싶은 건 아니야. 알지?"

죽고 싶은 적도 있기는 했다.

"알지."

엄마가 허겁지겁 외투를 껴입으며 말했다.

"입학식 못 가서 미안."

집 안을 한바탕 헤집던 엄마가 마침내 현관으로 향하며 말
했다.

"진짜 안 와도 된다니까. 교장 선생님 환영사 듣고 교가 부르
고 바로 수업 시작이라는데 뭘 와."

"그래도. 처음이잖아, 입학식은."

엄마가 현관문을 열다가 나를 짠하게 바라보았다.

"빨리 가. 중요한 발표 있다면서. 떨지 말고 잘해. 중간에 뭐
빠뜨리지 말고."

"어, 그래. 그럼 엄마 출근할게. 입학 축하해!"

"핸드폰!"

"어어."

"차 키!"

"아우, 미쳐."

현관문이 쾅 닫히고서야 집 안이 잠잠해졌다. 나까지 덩달아 정신이 쏙 빠지는 줄 알았다. 아침마다 허둥대는 엄마가 오늘따라 더 허둥댈 법도 했다. 내가 3월 초에 정상적으로 학교에 가게 될 줄은, 멀쩡히 고등학교 입학식에 참석할 줄은 꿈에도 몰랐을 테니까.

나도 몰랐다. 내가 2월에 깨어날 줄은.

동면종 혹은 하이버넌트. 전 세계 인구의 0.003퍼센트, 한국인의 0.001퍼센트로 추정되는 그 무리에 내가 속했다. 하필이면.

동면을 흔히 겨울잠이라고도 부르지만 무의식 혹은 가사 상태로 겨울을 나는 일은 잠과는 거리가 한참 멀었다. 잠은 달콤하다. 오죽하면 꿀잠이란 말이 다 있을까. 뇌에 쌓인 정보를 처리하고 신체 기능을 회복하는 과정인 수면과 달리 동면이란 가을까지 꾸역꾸역 축적한 칼로리를 천천히 소모하면서 체내에 독소를 쌓는 끔찍한 생존 방식이다.

봄에 깨어날 때는 어떻고. 차마 거울을 볼 수 없을 만큼 초췌한 몰골은 둘째 치고, 뇌에 뿌연 안개가 낀 듯 동면 전의 기억이 흐릿하거나 뒤죽박죽인 상태가 길게는 한 달 넘게 지속된다. 그러니 동면 전까지 남은 2학기 진도를 혼자서 바짝 끝내 봐야 소용이 없다. 동면하는 동안 대부분의 내용이 휘발되기 때문이다. 초기화되다시피 한 멍한 두뇌로 동면에서 깨면 지난 학습 내용은커녕 기초적인 상식과 지식부터 복기해야 했다. 거의 모든 동면종이 학습 장애를 겪는 건 당연했다. 나는 아마도, 아니 거의 확실하게 대학에 가지 못할 거다.

입학한 지 사흘째. 그새 무리를 지은 아이들이 여기저기에서 떠들고 있었다. 나로서는 새 학년 새 교실 분위기의 형성을 시작부터 지켜보는 일이 처음이었다. 늘 3월 초에 깨면 바닥난 기력을 회복하고 초췌한 몰골과 멍한 정신을 대충이라도 수습하는 데 2, 3주는 쓰고 나서야 전학생처럼 주뼛거리며 교실에 들어섰기 때문이다. 좋은 점은 또 있었다. 여느 해 봄처럼 종합 검진과 이런저런 치료와 처방을 건너뛸 수는 없지만, 늦은 등교 사유를 증빙하기 위해 의사에게 소견서를 받을 필요도, 학교에 제출할 필요도 없다는 점이었다. 어쩌다 맛본 안온한 삶, 보통의 삶이었다.

— 나랑 탐조 모둠 할 사람! 이름도 정했어. 새를 본다, '새봄'. 어때?

— 코스닥, 코스피, 나스닥 종목에 가상 투자도 하고, 모의 투자 대회에도 나가고, 경제 공부할 사람 모여! (대회 상금 있음!)

급식 시간이 끝나자 조별 활동 조원 모집이 본격적으로 시작되었다. 교실 곳곳이 떠들썩한 가운데 학급 대화방에 새 글이 속속 올라왔다. 중학교 때 교과목 선생님들이 내준 간단한 조별 과제는 해 봤지만 이런 큰 과제는 처음이었다. 네 명 이상이 모여 주제와 함께 장기 계획을 세우고 3월부터 12월까지 꾸준히 탐구하며 보고서나 결과물을 완성하는 과제였다. 한 학기도 아니고 1년짜리라니. 진짜 고등학생이 되었다는 실감이 들었다.

"서약서를 쓰라고?"

교실이 한순간에 조용해지면서 모두의 시선이 한곳으로 향했다.

"너만 쓰라는 거 아니야. 나도 쓸 거야. 맡은 일 끝까지, 성실히 못 해내겠으면 시작하지 않는 게 맞지 않을까?"

목소리의 주인은 '우리 학교 식물 생태계 탐구'라는 주제로 조원을 모으던 아이였다. 이름이 미노였던가.

"와, 뭐냐. 싸우자는 거냐?"

"아니, 그 반대. 싸우지 말자는 거지. 제대로 못 할 거라면 싸울 일 없게 아예 시작도 하지 말자는 거."

바짝 언성을 높이는 상대 앞에서도 흐트러지지 않는 말투가 오히려 교실 분위기를 압도했다.

치사하다느니 어쩌느니 하는 소리와 함께 저벅저벅 걷는 발소리가 내 등 뒤로 다가왔다가 멀어졌다. 다들 한마디씩 하며 미노를 흘끔거리는 가운데 나만은 차마 그쪽으로 시선을 돌리지 못했다. 그 애가 한 말이 화살이 되어 내 뒤통수에 잔뜩 박혔다. 나는 다수의 성실한 아이들에게 끝내 폐를 끼치게 돼 있었다. 겨울이 오기 전, 조용히 교실에서 사라질 테니까.

서약서 때문인지 결국 최소 인원을 모으지 못한 미노, 미노와 함께하기로 했다가 역시 갈 곳 없는 신세가 된 바니, 이유를 알 수 없는 디오, 그리고 어딜 가도 민폐란 생각에 아무 데도 끼지 못한 나, 이렇게 넷을 담임 선생님이 상담실로 불러 한 모둠으로 묶어 주었다. 선생님이 상담실을 나간 뒤에도 우리 넷은 서로 데면데면했다. 어색한 침묵이 흐르는 와중에도 선생님이 개입한 만큼 나중에 원망의 화살이 덜 날아올지도 모른다는 얄팍한 생각이 고개를 들었다.

"패잔병처럼 왜들 그러고 있어. 이왕 이렇게 모인 거, 잘해 보자. 보란 듯이."

바니라는 아이였다.

어떻게든 사기를 불어넣으려는 바니 앞에서 나를 포함한 셋은 여전히 침묵을 지켰다. 나야 그렇다 쳐도 미노와 디오가 서로를 향해 찬바람마저 내뿜는 이유는 알 수 없었다. 내가 묻지도 않은 의문의 답을 바니가 먼저 꺼냈다. 같은 방향으로 하교하는 길에서.

"모여도 어떻게 이렇게 모이냐."

바니에 따르면 미노와 디오는 불편한 사이였다. 같은 중학교에서 그럭저럭 가까이 지내던 둘이 어떤 사건으로 인해 멀어진 채로 같은 고등학교에 올라와 같은 반이 되었다는 것이다.

"근데 조별 과제까지 엮였다? 말 다 한 거지."

미노, 디오와 같은 학원에 다녔던 바니는 한때 둘을 화해시키려 애썼다고 했다. 하지만 안 되더라고, 둘 사이에 건널 수 없는 강이 흐른다고 했다.

"나도 이젠 그러려니 해. 가까운 사이라고 해도 영원히 가지는 않더라고. 그럴 이유도 없고. 참, 둘 사이는 모른 척해라. 내가 모르는 사정이 있을 수도 있고. 과제야 어떻게든 되겠지. 적어도 우리 중에 빌런은 없을 거잖아."

가슴이 뜨끔했다.

집에 도착하고 보니 단체 대화방에 초대되어 있었다. 개설자인 미노는 이런저런 말 없이 바로 본론에 들어갔다. 조별 활동 주제를 한 가지씩 제안하고 투표로 결정하자고 했다.

길상효

— 미노: 나는 원래대로 '우리 학교 식물 생태계 탐구' 밀어 봄. 교내 정원수와 화초들을 여러해살이, 한해살이로 나누고 다시 종별로 나눠서 각각 사계절을 어떻게 나는지 관찰했으면 해.

— 바니: 갑자기 생각났는데 케이팝은 어때? 매월 주요 기사 모아서 정리하고, 신곡 리뷰나 칼럼 써서 웹진 같은 거 만들면? 참, 3반에 아이돌 연습생 있는 거 알아? 인터뷰나 연습실 취재도 하고. 나만 관심 있나? ㅋ

— 디오: 제안 없음. 투표만 하겠음.

— 미노: ㅇㅋ

대면이 아니어서인지, 관계는 관계고 과제는 과제여서인지, 의외로 미노와 디오 사이가 상담실에서처럼 껄끄러워 보이지는 않았다. 미노는 같이하기로 했던 바니가 다른 의견을 낸 데 대해서도 별말이 없었다. 갈림길에서 헤어지면서 바니가 한 말이 떠올랐다.

"애들이 미노더러 싸가지 없다고 하는데, 잘 몰라서 하는 말이야. 애가 너무 똑 부러져서 그렇지, 싸가지가 없지는 않아."

— 미노: 누아는?

나? 학교 진도도 따라가기 벅찬 나는 더 알아보고 싶은 것이 없었다. 설령 있다 해도 말할 수 없다. 찬 바람이 불고 기온이 영하를 향할 무렵이면 나는 이곳에 없을 테니까.

— 나도 따로 의견은 없는데.

미노와 바니의 제안 중 하나를 선택해야 했다. 둘 다 끌리지는 않았다. 그럼에도 케이팝을 선택한 이유는 확실했다. 아무래도 제안자가 리더 역할을 하기 마련일 텐데 나로서는 바니가 미노보다 덜 어렵게 느껴졌기 때문이다.

투표 결과 3 대 1로 미노의 제안이 채택되었다. 미노와 껄끄럽다는 디오도, 케이팝을 제안한 바니마저 미노의 제안을 택하는 바람에 나만 덜렁 케이팝을 고른 모양새가 되었다. 이럴 줄 알았으면 자기도 소신껏 케이팝을 밀 걸 그랬다는 바니의 한탄이 길게 이어질 새도 없이 다음 단계가 착착 진행되었다. 이번 주 내로 각자 구역을 맡아 식물의 종류와 그 개체 수를 파악하고, 그중 앞으로 관찰할 종을 고르기로 했다. 한해살이 화초는 좀 더 따뜻해지면 학교에서 곳곳에 심을 테니 그때 가서 추가하기로 하고.

계획이 구체적으로 잡히자 걱정도 구체적으로 떠올랐다. 동면에 들기 전에 내 몫을 미리 끝낼 수 있다면 좋으련만 하필이면 관찰이라니. 나는 겨울을, 겨울의 식물을 관찰할 수 없다. 내 삶에 겨울의 풍경은 없었다. 내 구역을 떠맡게 될 아이들의 풍경에도 내가 없을 테고.

대화를 마치고 30분쯤 지난 무렵이었다.

— 미노: 우리, 혹시 어디에서 본 적 있지 않아?

미노의 개인 메시지였다. 멍한 머리와 부실한 기억력을 믿을 수는 없지만 미노는 내가 이 학교에 입학하고 처음 본 아이일 수 밖에 없었다. 미노뿐 아니라 학교의 모든 아이가 그랬다. 엄마와 내가 전에 살던 동네에서 한 시간 거리인 이 도시로 이사 온 게 지난 초겨울이다. 그런 데다 다가오는 동면에 대비하느라 바깥 출입을 삼가며 기말고사를 대체할 과제로 하루하루를 보내던 내가 미노와 마주쳤을 리 없다. 아마도 아닐 거라고 입력하는 중에 미노의 다음 메시지가 들어왔다.

— 미노: 얼굴이 낯익어. 분명히 어디서 봤는데.

확신에 찬 두 번째 문장을 보는 순간, 머리가 주뼛 섰다. 잊고 싶지만 한순간도 잊을 수 없는 기억이 내 머릿속을 가득 채웠다.

아닐 거야.

10년 전의 그 사건을, 그 기사를, 그 사진을 미노가 기억할 리 없었다.

기적의 어린이, 엄마 품에 안기다

지난해 12월, 강원도 강릉시 안반데기 인근에서 실종된 김ㅇㅇ(7세) 어린이가 3개월 만인 지난 8일에 극적으로 구조되었다. 모 글램핑장에서 발생한 김 어린이의 실종 사건은 사고 당일에 즉각 발령된 앰버 경고(실종 아동 경고)와 적극적인 수색, 그리고 끊임없는 제보에도 불구하고 장기화되는 중이었다. 유괴, 납치 가능성도 배제할 수 없지만 실종 장소와 혹한의 날씨를 고려해 사망 가능성에 더욱 무게를 두고 있던 수사팀은 울음소리가 들린다는 등산객의 제보를 받고 출동, 바위 뒤로 난 동굴에서 김 어린이를 구조했다. 당시 극심한 저체중과 저체온증을 보인 김 어린이는 예상보다 빠른 회복으로 의료진을 안심시키고 있으며, 의식과 건강을 회복하는 대로 정밀 진단을 받을 예정이다. 이를 통해 김 어린이가 어떻게 추위를 견뎠으며 무엇으로 연명했는지가 밝혀질 전망이다.

정밀 검사로 밝혀진 것은 없었다. 내가 어떻게 동굴에 들어갔는지는 알 수 없으나 일종의 가사 상태로 호흡과 맥박을 최소한으로 유지하며 기적적으로 혹한을 견뎠으리라는 것이 의료진이 내린 결론의 전부였다. 나는 의식을 완전히 회복한 뒤에도 실종 당시의 상황을 전혀 기억해 내지 못했다.

실종 소식으로 한 번, 구조 소식으로 또 한 번 전 국민을 놀라게 한 나는 모두가 나를 잊은 무렵, 조용히 엄마를 무너뜨렸다.

길상효

"혹시…… 동면증에 대해 들어 보셨는지 모르겠습니다."

그해 초겨울, 갑자기 축 늘어진 나를 데리고 병원을 전전하던 엄마는 해를 넘기고서야 마지막으로 찾은 의사 앞에서 하얗게 질렸다.

"일단 한두 해 더 지켜보시죠."

어쩌면 내가 동면 유전자를 지니고 있을지도 모른다고, 그렇다면 지난겨울의 사고를 계기로 그 유전자가 활성화되었으리라고, 정확한 유전자 검사를 하려면 모발 검체를 노르웨이에 보내야 한다고, 그 검사에 엄청난 비용이 든다고, 동면증으로 확인된다 해도 치료 방법은 딱히 없다고 설명하는 의사의 말이 엄마의 한쪽 귀로 들어가 한쪽 귀로 흘러나왔다.

미노가 그 기사나 뉴스를 본 걸까? 구조 현장에서 찍힌 내 사진도? 10년 전에 본 걸 여태 기억하는 걸까? 아니면 최근에 우연히 봤을까? 눈썰미가 좋은 사람이라면 사진 속의 초췌한 얼굴에서 지금의 나를 못 찾아내리란 법도 없었다.

그날부터 자꾸만 미노를 신경 쓰게 되었다. 끝마치지 못할 조별 과제가 문제가 아니었다. 학교에서 미노가 누구와 대화만 해도 내 얘기인가 싶고, 핸드폰을 들여다보면 내 사진을 보는 것만 같았다. 집에서는 메신저 알림이 올 때마다 움찔움찔 놀랐다. 미노가 그 사진을 보내면서 물을 것만 같았다. 이 김ㅇㅇ이

너 맞지?

이 모든 걱정이 실은 나의 망상이기를 바랐으나 그런 해피엔드는 없었다.

— 미노: 너 어디서 봤는지 생각났어.

며칠 뒤, 다시 개인 메시지가 왔다. 폰을 쥔 손에서 힘이 풀리는 순간, 그 위로 새 알림창이 겹쳤다.

— 미노 님이 사진을 보냈습니다.

심장이 조여들었다. 사진이 전교에, 아니 전국에 다시 퍼지는 건 시간문제였다. 결국 내 정체까지도. 기사 아래에 달렸던 수백 개의 댓글 중 나를 숨막히게 한 댓글들이 떠올랐다.

ㄴ 혹시 그거 아님? 동면종인가 동면족인가. 서너 달씩 처잔다던데.

ㄴ 북유럽 어느 나라는 그런 인간들한테도 복지 혜택을 준다던데 미친 거 아닌가?

ㄴ 오, 나도 처자면서 꿀 빨고 싶다 ㅋㅋㅋ

눈앞이 캄캄해지면서 식은땀이 흐를 때였다.

— 미노: 송아초등학교 1학년 2반이었지?

세 번째 알림창이었다. 2반이었는지는 모르겠지만 송아초등
학교에 다닌 건 맞는다. 나의 첫 학교.

메시지 앱을 여는 순간 사진 하나가 날아들었다. 두 꼬마가 그
네를 타는 사진이었다. 뒤로 팽팽히 당겨진 그네 위에 낯익은 아
이가 앉아 있었다. 낙하를 앞두고 잔뜩 흥분한 얼굴로 그넷줄을
꼭 붙든 아이. 나였다.

처음 보는 사진이었다. 어째서 이런 사진이 미노 손에? 옆 그
네에 앉아 나를 올려다보는 아이가 뒤늦게 눈에 들어왔다. 자세
히 보니 미노인 듯했다.

— 미노: 어느 날부터 학교에도 안 오고 연락도 안 돼서 걱정했는데, 잘
지냈나 보네. 다행.

뿌연 머릿속에 퍼즐 조각들이 둥둥 떠다녔다. 조각들을 가까
스로 그러모아 이리저리 끼워 보니 얼추 아귀가 맞는 그림이 드
러났다.

내가 실종된 게 여섯 살 12월, 구조된 게 이듬해 3월, 회복을
마치고 송아초등학교에 다니기 시작한 게 4월, 두 번째 동면 발

현으로 정신을 잃은 게 12월, 나를 들쳐 업고 병원을 전전하던 엄마가 동면증 의심 소견을 듣고 주저앉은 게 그다음 해 1월이었다.

그때부터 매년 초겨울이면 홈스쿨링을 신청하고 집에서 동면을 준비했다. 이듬해 봄이면 새 학교에서 남들보다 늦게 1학기를 시작하고 남들보다 일찍 2학기를 마치기를 9년 동안 되풀이해 왔다. 최대한 존재감을 드러내지 않으며 지낸 덕에 학기 중에 사라져도 누구 하나 나를 찾지 않았고.

그런 나에게 같이 그네를 타는 친구가 있었다고? 학교에 나오지 않는 나를 걱정하는 친구가? 나와 연락이 안 됐다는 건 우리가 연락하는 사이였다는 뜻이고?

미노와 완전히 연락이 끊긴 이유는 쉽게 짐작할 수 있었다. 나의 동면증을 꽁꽁 숨기던 엄마가 나를 전학시켰기 때문이다. 동면에서 깬 나는 영문도 모르는 채 다른 학교에서 몇 주 늦게 2학년을 시작했다. 그리고 그해 가을, 홈스쿨링을 하자며 달래는 엄마를 밀치고 발버둥 치며 울었다. 학교에 가겠다며 데굴데굴 굴렀다.

— 반은 모르겠는데 송아초등학교 다닌 건 맞아.

답장을 보내고 미노의 다음 말을 기다렸다. 내가 모르는 긴 이야기를 듣게 될 것 같았다. 설레고도 두려웠다. 미노가 긴 내용을 입력하고 있는지 대화창이 잠잠했다. 그리고 마침내 미노의 말풍선이 떴다.

　— 미노: 그래, 내일 보자.

이렇게 끝난다고?
멍하니 대화창을 들여다보다가 나도 짧게 한마디 했다.

　— 응, 내일 봐.

　당황스러웠다. 처음 알게 된 미노와의 과거보다 지금 이 상황이 더 당황스러웠다. 관계라는 걸 지속해 본 적이 없는 나에게는 사람 속을 헤아리는 일만큼 어려운 게 없었다. 그런 내게 미노는 온통 수수께끼 같았다. 처음엔 어쩐지 피하고 싶은 아이였고, 모둠으로 엮이고서는 생각보다 담백하게 느껴지는 아이였고, 놀랍게도 나와 나쁘지 않은 과거를 공유한 아이인데, 그 사실을 밝히기만 하고 대화를 끝낸 아이를 대체 어떻게 이해해야 할지 몰랐다.

　— 송아초등학교 다닌 건 맞아!

느낌표라도 붙여서 반가움을 표시할 걸 그랬나. 묻는 말에만 답해서 미노가 기분이 상한 걸까. 미노의 다음 말을 기다리지 말고 무슨 말인가를 더 했어야 할까. 하지만 그러다 보면 결국 내가 연락을 끊고 사라진 이유를 댈 수밖에 없을 터였다.

미노는 그저 우리가 같은 초등학교에 다녔는지만 확인하고 싶었는지도 모른다. 사실을 확인했으니 더는 할 말이 없었던 거고. 차라리 다행이라는 생각에 안도하던 나는 조금 서글퍼졌다. 어떤 식으로든 관계를 피해야 했던 나는 한때 가까웠던 아이에게 조차 다가가지 못하고 있었다.

다음 날, 교실에 들어서면서 아주 잠깐 기대는 했다. 미노가 나를 조금은 다르게 대하지 않을지, 먼저 인사라도 건네며 알은 체하지 않을지, 송아초등학교 시절에 대해 무슨 말이라도 하지 않을지. 하지만 미노는 조별 과제에 관한 일 아니고서는 나와 마주쳐도 알은체도, 별말도 없었다.

집에 돌아와 엄마가 퇴근하기만을 기다렸다.

"이 사진 봐 봐."

사진을 내밀자 엄마가 가만 들여다보더니 의아한 얼굴로 물었다.

"이거 너잖아. 이 사진이 어디서 났어?"

"옆에 얘가 송아초 1학년 때 나랑 같은 반이었다는데."

"누가 그래?"

"얘가."

"얘를 만났어? 어디서? 어떻게?"

"지금 같은 반."

"진짜? 희한하네. 어떻게 이 동네에서 다시 만나냐."

엄마가 사진을 확대해서 들여다보았다.

"아, 그 애구나."

엄마는 내가 동면 중일 때 자꾸 전화해서 나를 바꿔 달라는 아이가 있었다고 했다. 엄마는 그때마다 내가 자고 있으니 나중에 전화하라고 했고.

"나중에 언제요?"

자꾸만 묻는 아이에게 엄마가 봄에 다시 만날 수 있다고 한 게 화근이었다.

"누아 지금 겨울잠 자요? 그러면 봄에 일어나면 저한테 전화하라고 해 주세요."

온통 내 걱정에 휩싸여 있던 엄마는 어린아이의 천진한 말 한마디에도 가슴이 철렁했다. 엄마가 전학을 결심한 게 그때였다.

"그 애 말고도 네 안부 묻는 아이들 많았는데. 엄마는 그것도 다 겁나고 무서웠어, 그때는."

그러더니 엄마가 나를 보고 빙그레 웃으며 말했다.

"그러고 보니 우리 누아, 완전 인싸였네."

웃지 마, 엄마.

나는 엄마를 거실에 두고 방에 들어왔다. 엄마를 또다시 미워하게 될까 봐. 나보다 먼저, 나보다 오래 울며 발버둥 쳤던 엄마를 미워하지 않으려고. 언젠가 더는 나를 보살필 수 없게 될 때를 위해, 겨울이면 잠깐씩 엄마를 대신해서 내 곁을 지키는 엄마의 친구들과 친척들에게도 내가 기댈 수 없게 될 때를 위해, 내가 시설에 들어가 겨울을 나게 될 때를 대비해 투잡을 뛰며 악착같이 돈을 모으는 엄마를 미워하지 않으려고.

"봄에 일어나면 저한테 전화하라고 해 주세요."

일곱 살의 관계는 어떤 것이었을까.

연기처럼 손에 잡히지도 않는 모호한 질문은 오래가지 않았다. 골몰한다고 답이 나올 리 없었다. 하지만 나를 있는 그대로 봐 줄 수도 있는 아이가 적어도 한 명은 있었다는 사실은 또렷한 실체가 되어 나를 괴롭혔다. 밤새 가슴에 돌덩이가 얹힌 듯했다.

그날 이후로 나를 별반 다르게 대하지 않는 미노와 달리 나는 자꾸 미노를 의식했다. 미노는 지금 나를 어떻게 생각할까. 나의 비밀에 가장 가까이 있는 아이에게 나는 뭘 기대하는 걸까.

— 미노: 다들 잘 살펴봐. 평균 개화 시기보다 일찍 핀 꽃이 있을 거야.

— 디오: ㅇㅋ

— 바니: 윽, 그런 것도 봐야 해?

— 볼게.

마침 화단을 살피는 중이었다. 매화는 조별 과제를 시작할 때 이미 지는 중이었고 자목련은 최근에 한창 피었다가 꽃잎을 떨 구고 있었다. 이제 막 피기 시작한 백목련의 개화 시기부터 대조 하기로 했다. 폰을 열고 검색하자 대략 3-4월이라고 표기된 개 화 시기 아래에 구체적인 지역별 개화 시기가 나열되어 있었다. 그중 맨 마지막 문장이 내 눈길을 붙들었다.

같은 목련과에 속하는 자목련은 백목련보다 약 일주일 늦게 핀다.

일주일 일찍이 아니라 일주일 늦게 핀다고? 모여 있는 백목련 세 그루 모두 이제 막 꽃봉오리를 터뜨리려는 반면에 자목련 세 그루는 꽃에게 작별을 고하며 초록 잎을 내기에 바빴다.

매점에서 함께 간식을 먹다가 목련 이야기를 들려주자 디오와 바니가 한마디씩 했다.

"한 그루라면 몰라도 세 그루가 다 그러면 꽤 유의미한데."

"맞아. 근데 둘 중에 누가 시간을 안 지킨 거지? 백목련이 늦 게 핀 건가, 아니면 자목련이 일찍 핀 건가."

김누아의 가설

미노는 말없이 기사 링크를 대화방에 올렸다. 20년 전부터 일부 지역에서 자목련의 개화 시기가 조금씩 앞당겨지고 있다는 기사였다. 원인은 물론 지구온난화였다.

"백목련 인마, 너도 힘내야지."

바니가 창밖을 향해 주먹을 치켜들자 디오가 대꾸했다.

"빨라지는 게 뭐가 좋아."

"농담이지."

모두의 입가에 쓸쓸한 웃음이 떠올랐다.

"근데 개화가 다 같이 빨라지지는 않나 보네."

내가 궁금해하자 미노가 답했다.

"종마다 적응 반응이 다를 테니까."

앞으로 다른 꽃들의 개화 시기도 확인하기로 했다. 일이 조금 늘기는 하겠지만. 우리 학교에 어떤 식물이 어떻게 자라는지를 관찰하고 기록하는 일이 담장을 넘어 학교 밖으로 연결된다는 점이 놀라웠다. 내가 맡은 화단 안에서도 온난화가 진행되고 있었다. 그 안에 지구가 있었다.

미노는 치밀한 점이 버겁기도 하지만 내가 생각하지 못하고 보지 못한 것을 돌아보게 하는 아이였다. 미노가 남을 지적하고 공격하기만 했다면 욕만 먹었겠지만, 중학교에서 자기가 이미 정답 처리를 받은 시험 문제를 놓고 선생님과 담판 끝에 오류 인정 및 전원 정답 처리를 얻어 낸 뒤로는 평가가 엇갈렸다고 했다. 미노는 고등학교에 와서도 여전히 아이들과 충돌했고 디오와도 종종 부딪치곤 했다. 과제를 잘해 내야 한다는 생각 때문에 오히려 더 빡빡하게 구는 듯했다.

미노와 디오 사이에 큰 다툼이 일어난 건 조별 과제의 중간 점검을 위해 모인 과학실에서였다. 지금까지 각자 진행한 상황을 공유한 뒤 미리 보고서의 방향과 결을 맞추는 것이 나중을 위해 효율적이라는 미노의 의견에 따라 모인 자리였다.

"아유, 왜들 이래. 적당히 해."

바니가 웃는 얼굴로 디오와 미노를 번갈아 보며 말했다.

"내가 무성의하다고? 모든 내용을 꼭 문장으로 완성해야 해? 개괄식 몰라? 요점만 짧게 정리해야 보는 사람도 더 편하다고!"

"나중에 하나로 합쳐서 내야 하는데, 형식을 통일하는 건 당연하지 않을까?"

미노가 디오를 물끄러미 보며 말했다.

"네가 제안했다고 해서 방법까지 통제할 권리는 없다고."

"보고서 형식도 통일하지 않고 그대로 내자는? 그 결과는 책임질 수 있고?"

"하……."

디오가 길게 한숨을 내쉬었다. 고개를 푹 떨구며 이쯤에서 물러서는가 싶던 디오가 천천히 고개를 들었다.

"미노 너 중학교 때부터 매번 이런 식이었어. 나는 더는 너한테 못 맞추겠어. 이러라고 있는 조별 과제 아니라고 생각해."

과학실에 싸늘한 침묵이 흘렀다. 바니라도 나서서 분위기를 바꿔 줬으면 할 때였다.

"긴급 제안."

뜻밖에도 디오였다.

"이쯤에서 한번 터놓고 말해 보자. 다들 원해서 모인 건 아니지만 공동의 목표에 대한 생각은 비슷할 거야. 그럼, 각자의 목표는 뭐지? 나는 이 과제를 점수만 잘 받고 끝내고 싶지 않아. 이 끝에 다른 뭔가가 있으면 좋겠어."

한 번도 해 본 적이 없는 생각이었다.

나는 뭘 찾으려고 했지? 찾으려고 한 적은 있었나? 끝까지 할 수 없다는 체념과 조원들에게 끼칠 폐에 대해서만 걱정했었다.

세 아이의 얼굴을 하나하나 보았다. 다들 이 끝에 무엇이 있기를 바랄까. 확실한 건 하나 있었다. 아이들은 모르고 나만 아는 것. 그걸 모르고서 아이들은 결코 이 끝을 계획할 수 없다.

"너희, 혹시 동면종 들어 봤어? 동면하는 사람."

저마다 골똘하던 세 아이가 의아한 얼굴로 나를 바라보았다.

"갑자기 무슨 소리야. 사람이 겨울잠을 자?"

디오가 되물었다.

"아, 영화에서 봤어. 주인공이 무슨 바이러스에 감염돼서 그런 병에 걸리더라."

바니가 말했다.

"아, 영화."

디오가 시답잖게 말했다.

"틀렸어. 알려면 제대로 좀 알아."

미노가 정색을 하며 말했다.

"하, 이번엔 또 뭐?"

디오는 이야기를 꺼낸 내가 무안해할까 봐서인지 그다지 날 카롭지는 않았다.

"감염, 바이러스, 다 틀렸다고."

"틀리고 말고가 어디 있어. 어차피 영화라며."

디오가 툭툭거렸다.

"틀리고 말고가 왜 없어. 진짜는 그게 아닌데."

"진짜? 진짜가 뭔데?"

"유전."

"무슨 말이야? 감염이고 유전이고 간에, 동면종이 진짜로 있다는 거야?"

"감염이고 유전이고 간에라니. 둘은 완전히 다르다고."

"됐고, 동면종이란 게 진짜로 있다는 거잖아, 네 말은."

"워, 워."

바니가 둘의 눈치를 보며 조심스레 끼어들었다.

"별것도 아닌 거 가지고 왜들 이래. 근데 참, 이 얘기가 왜 나왔지?"

그러고는 나를 보며 호들갑스레 물었다. 분위기를 전환해 보려는 듯했다.

"아까 누아가 시작한 거 맞지? 동면종 왜 물어봤어?"

세 아이의 시선이 또다시 나를 향했다. 심장이 쿵쿵 뛰었다. 그 박자에 맞춰 흔들리던 내 시선이 바니와 디오를 제치고 미노에게 가닿았다. 미노가 내 시선을 고스란히 받았다. 미노의 시선을 단단히 붙들었다고 느끼자 뜻밖에도 그다음은 쉬웠다.

"내가 그거야. 동면종."

이번에는 셋의 눈동자가 흔들렸다. 저마다 다르게.

"헐……."

디오가 얼떨떨한 얼굴로 가장 먼저 입을 열었고,

"눈치 챙겨, 장디오."

바니가 디오를 향해 얼굴을 구기며 모깃소리로 말했다. 미노만이 침묵한 채 알 수 없는 눈빛으로 나를 바라보았다.

준비도 없이 시작한 이야기가 쉴 새 없이 이어지는 동안 세 아이는 한 번도 흐트러지지 않았다. 나를 향해 활짝 열린 아이들의 귀가 나를 계속 말하게 했다.

"어쩌다 2월에 깬 것도, 그래서 새 학년 첫날부터 학교에 다니는 것도 이번이 처음이야."

다 듣고 난 세 사람의 표정은 조금씩 달라 보였다. 저마다 어떤 마음인지 굳이 헤아려 보지 않았다. 어떤 결과를 바라고 시작한 것이 아니었다. 한번 시작한 말을 멈추지 않았을 뿐이다.

"뭐 물어봐도 돼?"

디오가 침묵을 깨고 불쑥 물었다.

"대답할 수 있는 건 대답할게."

그렇게 말하고 나니 대답하지 못할 건 없다는 생각이 들었다.

디오는 동면증이 유전에 의한 것이라면 부모님도 동면증이 있느냐고 물었다.

"아니, 둘 다 없어. 엄만 없는 거 내가 확실히 알고, 아빠 같이 안 살지만 없다고 들었고."

"어, 그게 어떻게 가능하지? 유전이라면서. 안 그래?"

동의를 구하듯 디오가 미노를 바라보았다. 내 시선 역시 미노를 향했다. 언제인가 엄마에게 설명을 듣긴 했지만 제대로 기억나지 않았다.

바니가 불쑥 끼어들었다.

"입양됐을 수 있잖아. 나처럼."

그 생각은 미처 못 했다.

"그러네. 근데 입양은 아닌 걸로 알아."

우리 셋의 시선이 다시 미노를 향했다.

"그건 멘델의 유전 법칙으로 설명할 수 있어."

미노가 기다렸다는 듯 말문을 열었다.

멘델의 유전 법칙에 따르면 동면 유전자는 열성 유전자이다. 쌍을 이루는 두 개의 유전자 중 하나만으로도 형질을 발현하는 우성 유전자와 달리 열성 유전자는 둘이 쌍을 이루어야만 형질을 발현한다. 엄마와 아빠의 유전자 쌍은 그중 하나만이 동면 유전자라서 동면증을 드러내지 않은 반면에, 나는 양쪽으로부터 각각 동면 유전자를 물려받는 바람에 동면증이 발현되었다는 사실이 미노의 설명으로 완벽히 정리되었다. 엄마도 미노처럼 그림을 그려 가며 자세히 설명했지만 그때는 내가 귀 기울여 듣지 않았다. 듣고 싶지도 알고 싶지도 않았다. 고칠 수도 없는 나의 증상에 대해.

"우성, 열성이란 표현은 유전자의 발현 능력을 가리키지, 어떤 형질 자체의 우열을 뜻하는 건 아니니까 오해는 금물."

미노는 이어서 세대를 무수히 거듭해도 우성 유전자가 폭증하지도, 열성 유전자가 소멸하지도 않으며 어느 정도 일정한 비율을 유지하는 이유도 설명했다. 하디-바인베르크 법칙이라는 거였는데 수식을 휘갈겨 쓰는 미노의 모습에서 살짝 광기까지 엿보였다.

반도 이해하기 어려운 그 설명에 집중하다가 디오와 바니를 슬쩍 곁눈질했다. 눈썹을 찡그린 디오도, 엄지손톱을 물어뜯는 바니도 애쓰고 있었다. 몇 번을 거듭해 설명하는 미노조차도. 서로 이해시키고 이해하려고 애쓰는 것이 무엇인지 꼬집어 말할 수 없었다. 나라는 아이일 수도, 동면증일 수도, 유전 현상일 수도, 아니면 그 전부를 아우르는 어떤 것일 수도 있었다.

"그래서, 결론은……."

이 긴 이야기의 마무리가 남아 있었다. 애초에 하려던 말을 나조차 잊을 뻔했다.

"결론이 더 남았어?"

바니가 의아한 얼굴로 내게 물었다.

"나는 겨울 오기 전에 홈스쿨링 신청하고 집에서 대기해야 돼. 언제 잠들지 모르니까. 올해 평소보다 일찍 깬 걸 보면 일찍 잠들지도 모르고. 이 얘기 하려고 했어."

세 아이가 가만히 나를 바라보았다.

"그러니까 나는……."

미안하지만 조별 과제 도중에 하차할 거라고 말하려다가 꿀꺽 삼켰다. 이건 결론이 아니었다.

나는 게으르지 않아. 무책임하지 않아. 나는 빌런이 아니라고.

"동면 전까지 최선을 다할 거야."

계획 없이 꺼낸 이야기가 긴 여정 끝에 스스로 도달한 결론이었다.

"어, 그러면……."

"계획을 좀 조정해 보자. 역할도 다시 나누고."

미노가 태블릿을 켜고 펜을 집어 들며 말했다. 그러자 바니와 디오도 자세를 고쳐 앉아 미노의 태블릿을 들여다보았다.

이게 이렇게 쉽다고?

어디에선가 옅은 바람이 불어드는 듯했다. 누가 볼까 봐 손안에 꼭 쥐고 있던 작고 단단한 공이 내 손을 떠나 풍선처럼 부풀며 가벼이 떠다녔다.

"근데 이거, 우리만 아는 비밀이지?"

바니가 목소리를 낮춰 말했다.

생각하지 못했던 질문에 머뭇거릴 때였다.

"누아가 결정하는 대로 따라야지. 언제든 말해 줘."

미노가 나를 보며 말했다.

우리가 비밀을 공유하는 사이가 되는 것도 좋지만 내가 그 다음을 결정할 수 있다는 건 지금껏 해 보지 못한 생각이었다.

하굣길에 바니가 이것저것 물었다. 동면하는 동안 꿈도 꾸는지, 오래 짓눌린 피부가 짓무르지는 않는지. 그러던 바니가 갑자기 나에게 사과했다.

"아까 디오랑 미노가 감염이랑 유전 얘기할 때, 별것도 아닌 거라고 해서 미안. 별것도 아닌 게 아닌데."

"괜찮아. 몰랐으니까."

"알았으니까 이제부턴 안 그럴 거야. 응원할게. 힘내!"

반사적으로 고맙다고 인사하고 나서야 바니의 격려가 왠지 어

색

색하게 느껴졌다. 무엇을 응원한다는 건지, 나더러 무슨 힘을 어디에 내라는 건지 알 수 없었다. 덜 힘들어하라는 뜻일까. 냉담만 헤아리기 어려운 게 아니었다. 호의도 어려웠다. '힘내'라는 말을 자꾸만 곱씹게 되었다.

갈림길에서 바니와 헤어져 걷는데 메신저 알림이 울렸다.

— 디오 님이 사진을 보냈습니다.

디오에게 개인 메시지를 받은 건 처음이었다. 사진을 열어 보니 흙바닥에 옅은 초록빛의 식물이 뾰족뾰족 고개를 내밀고 있었다. 제법 도톰하고 힘 있어 보이는 게, 큰 식물의 싹인 듯싶었다.

— 디오: 너 이거 봤어?
— 못 봤어. 내 화단 같은데.
— 디오: 응. 아까 집에 오기 전에 찍었어. 이제 막 올라온 거라 네가 못 봤을 거 같아서.
— 고마워. 안 그래도 그 자리가 왜 비어 있나 했는데.
— 디오: 튤립이야.
— 튤립?

— 디오: 튤립은 씨가 아니라 알뿌리에서 자라는 거 알아? 여러해살이 식물이고. 그러니까 이 싹들은 적어도 지난 늦가을에 심었거나 그 전에 심은 알뿌리가 낸 싹일 거야.

— 와, 많이 아네.

— 디오: 아빠가 튤립에 진심이라 나도 좀 알아.

디오는 튤립 같은 식물은 알뿌리가 땅속에서 추위를 잘 견딜수록 봄에 튼튼하게 싹을 내고 예쁘게 꽃을 피운다고 했다. 다시 사진을 확대해서 싹 하나하나를 들여다보았다. 어제까지 보이지 않았던 튤립 싹처럼 어제까지 없었던 것들이 내 안에서 뾰족뾰족 솟고 있었다. 오래, 켜켜이 쌓인 층을 가만히 밀어 올리면서.

그다음 날 아침이었다. 학교가 가까워지자 발걸음이 빨라졌다. 교문에 들어서자마자 곧장 화단으로 가 튤립 자리부터 찾았다. 사진 속의 튤립 싹이 그새 더 자란 데다 새로 돋은 싹도 있었다.

관찰이라는 건, 지켜본다는 건 이상한 일이었다. 지켜볼수록 알고 싶어지고, 알수록 더 오래 지켜보게 되었다. 이 과제에 무한정 시간을 쏟을 수 없는 것이 현실이지만 언제부터인가 수시로 발길이 화단으로 향했다. 이런저런 구실로, 구실이 없으면 없는 대로. 나뿐만이 아니었다. 미노, 디오, 바니도 제 화단 어디에선가 책을 읽거나 잎을 줍거나 사진을 찍곤 했다.

학교에서 못다 한 과제 회의를 메신저로 마무리할 때였다.

— 바니: 근데 이런 거 물어봐도 되나.
— 바니: ㄸ ㅗ ㅇ……?

동면 전까지 꾸역꾸역 섭취한 음식으로부터 겨우내 영양소와 수분이 남김없이 체내로 흡수, 분해되고 대장에는 돌처럼 딱딱한 변만 남는다는 답은 미노가 했지만, 봄에 그걸 내보낼 때의 고통은 나만이 답할 수 있었다.

— 변을 묽게 하는 약도 먹고 항문에 관장약도 넣는데, 그래도 너무 힘들어. 안 되면 병원 가서 빼낼 때도 있고.

내 대답 뒤에 긴 정적이 흘렀다.

— 입이랑 똥꼬에서 동시에 비명이 나옴.

또 정적.

— 바니: ㅋ
— 디오: ㅋㅋ

다시 잠깐 정적.

— 미노: ㅋㅋㅋ

내 차례였다.

— ㅋㅋㅋㅋ

키읔으로 대화창을 도배하고 싶은 마음을 겨우 눌렀다. 나머지 키읔은 내 어깨를 흔들며 입 밖으로 튀어나왔다. 눈물이 되어 질금질금 나왔다. 엄마 아닌 다른 사람과의 대화에서 이렇게 웃어 보기는 처음이었다. 너무 웃어서 항문 꿰맨 자리가 뜨끔뜨끔 아팠다. 그래도 좋았다. 내년 봄에 또다시 겪을 고통을 잊을 만큼.
똑똑.
"아직 안 자지?"

엄마가 문을 빼꼼 열고는 물었다. 갓 구운 브라우니와 우유가 담긴 쟁반을 책상에 내려놓으며 엄마가 말했다.

"이걸 너한테 주는 날이 오긴 오네."

우유 컵 옆에 USB가 놓여 있었다.

"이게 뭔데?"

엄마가 한창 동면증을 공부하던 시기에 닥치는 대로 모은 자료라고 했다. 우리 모둠 안에도, 내 안에도 동면증에 대한 두서없는 질문들이 쌓이는 중이었다. 내가 밤늦도록 인터넷을 뒤지며 번역기를 돌리는 걸 엄마가 보았던 모양이다.

"나 때는 번역기가 있길 했나, 이미지 파일에서 텍스트를 긁을 수 있길 했나. 눈물 없인 볼 수 없는 자료라는 것만 알아줘."

엄마가 찡긋 웃어 보이고는 내 방을 나섰다. USB를 가만히 쥐어 보았다.

바니가 줄 게 있다면서 우리를 불러냈다.

"내 화단에서 산딸기 따 왔어. 씻었으니까 하나씩 먹어."

바니가 빨간 열매 네 알을 내밀며 말했다.

"산딸기 아니고 뱀딸기."

섬뜩한 이름에 우리가 주저하는 사이에 미노가 열매 한 알을 입에 넣었다. 아시아에서는 약용으로 쓰니 먹어도 된다면서. 의학과 약학은 자기 몸을 실험체 삼아 모든 식물을 먹어 본 조상들의 도전 정신에서 출발했다는 말을 들으며 우리도 뱀딸기를 한 알씩 맛봤다.

"어우, 약은 역시 맛이 없어."

바니가 얼굴을 찡그리다가 갑자기 눈을 반짝였다.

"나중에 의학이 더 발달하면 동면증도 고칠 수 있지 않을까?"

"동면증은 치료 대상이 아니야. 세계 최초로 동면증을 질병으로 규정했던 노르웨이 수면학회가 1973년에 동면증을 질병 코드에서 삭제했어."

실은 나도 이렇게까지 자세히는 몰랐었다. 그동안 엄마가 준 자료를 들여다본 덕분에 답할 수 있었다.

"세계보건기구는 1990년에야 질병 항목에서 제외시켰고."

미노가 덧붙여 말했다.

"진짜?"

"20년이 다 되도록 뭐 하다가?"

바니와 디오가 눈썹을 찌푸렸다.

동면증이 질병이 아니라는 선언은 분류의 정정만이 아니었다. 그전까지 치료라는 이름으로 각종 야만적인 실험이 자행되었다는 뜻이다. 그 폭력의 희생자들이 있었다는 뜻이고. 잠을 깨운답시고 무자비하게 가한 구타를 비롯해 전기 고문, 물고문, 뇌 신경 절제, 고농도 카페인 정맥주사에 몸과 정신이 망가지고 목숨을 잃은 사람들의 이야기를 읽은 날, 밤새 몸서리치며 울어야 했다.

"호모 사피엔스 히베르노안시스. 줄여서 히베르노안시스. 나한테 동면 유전자를 물려준 조상의 이름이야. 북유럽 일대에 퍼져 살다가 3만 년 전에 멸종했대. 멸종의 원인에는 두 가지 가설이 있고."

1년의 4분의 1 이상을 의식이 없는 상태로 보내야 했던 그들은 호모 사피엔스처럼 두뇌를 발달시킬 수 없었고 따라서 도구와 문명도 발달시키지 못한 탓에 서서히 도태되었다는 것이 하나의 가설이었다.

"또 다른 가설은 사피엔스에 의한 몰살설."

"헉."

"몰살?"

부족한 식량 자원을 놓고 경쟁 관계에 있던 사피엔스가 소빙하기를 맞아 벼랑 끝에 몰리자 동면 중이던 히베르노안시스를 몰살했다는 것이 그것이었다. 오랫동안 두 가설이 팽팽히 맞서던 중 노르웨이 북부의 동굴에서 발견된 벽화가 강력한 증거로 채택되면서 두 번째 가설이 정설로 정착했다.

"하…… 반칙 아니냐?"

"맞아. 자는데 그러는 게 어딨어. 치사하게."

디오와 바니가 벽화 사진을 보며 고개를 저었다. 창을 든 사람들이 바닥에 쓰러진 사람들을 에워싼 그림이었다. 미노는 언젠가 본 적이 있는 사진이라고 했다.

"그 조상이 멸종했는데도 왜 아직 동면 유전자가 남아 있어?"

디오의 질문에는 미노가 답했다.

"히베르노안시스랑 사피엔스가 완전히 다른 종은 아니어서 그 사이에서 자손은 태어날 수 있었어. 소수이긴 하지만 그 자손이 그렇게 대를 이어 온 거고."

이제는 인간이 혹한을 견딜 일이 없는데도 유전자에 새겨진 혹한의 기억은 물러날 생각이 없는 모양이었다. 제 기능을 했던 10만 년만큼의 시간이 지나면 사라질 수도 있을까.

미노도 틈틈이 동면종에 관한 이야기를 들려주었다. 진화학이나 인류학에서 다루는 동면종은 어렵고 딱딱했지만 '잠자는 숲속의 미녀'의 기원설처럼 말랑말랑한 이야기도 있었다. 잔혹하고 선정적인 원작이 순화되는 과정에 동면종 설화가 영향을 주었다는 것이 미노가 찾아낸 논문의 주장이었다. 논문에 따르면 미녀를 비롯한 성 안의 사람들은 히베르노안시스의 후손이며, 백 년이라는 시간은 그들의 평균 동면 기간인 백 일이 와전되고 과장된 결과였다. 애초에 그들은 잘 때가 되어 잠들었다가 깰 때가 되어 깼을 뿐인데 우연히 현장을 목격한 이방인에게는 그 긴 잠이 저주로 보였으리라고.

나도 한때는 동면을 저주라고 생각했다. 나만 잠들어야 한다는 사실이 억울했다. 엄마도, 학교 아이들도, 세상 모두가 나처럼 잠들기를 바랐다. 자신들이 비웃던 존재가 되고서야 뼈아프게 후회하는 사람들을 상상할 때는 통쾌하기도 했다. 그러던 어느 날, 아주 오래전에는 함께 잠들고 깨는 사람들이 살았다는 것을 알게 되었다. 도저히 잠을 이룰 수 없었다. 그 세계가 사무치도록 그리웠다. 잘 자라고 서로 인사하는 세계를, 잘 잤느냐고 인사하며 서로의 부스스한 꼴을 보고 웃어 주는 세계를 상상했다. 그리고 원망했다. 나를 여기에 두고 떠나 버린 세계를.

♦

"한 판 더 먹을래? 갖다줄까?"

바니가 물었다.

"내가 가도 되는데."

내가 일어서려고 하자 바니가 나를 주저앉히며 말했다.

"아까도 갔다 왔잖아. 발목도 아프다면서. 내가 갔다 올게."

바니가 일어서서 배식대로 향했다.

"근데 이렇게 먹어도 탈 안 나?"

마주 앉은 디오가 물었다.

"나지, 왜 안 나. 간도 안 좋고 신장도 안 좋아서 약 먹어. 체중이 급격히 느니까 무릎도 아프고."

"하······."

디오가 콧등을 찡그리며 낮게 탄식했다.

"그래도 교복 안 입으니까 살 거 같아."

더는 맞는 교복이 없어서 지난주부터 사복을 입고 등교하는 중이었다. 그러잖아도 10월 말에 들어서면서 체중이 80킬로그램에 육박하던 차에 사복까지 입으니 가는 곳마다 시선을 끌지 않을 도리가 없었다. 하지만 딱히 신경은 쓰이지 않았다. 내가 의연해진 데다 눈치 보지 않고 마음껏 급식을 먹는 기쁨을 누리기에 바빠서였다. 중학교 때까지만 해도 내 정체를 감추기 위해 식욕을 참느라 얼마나 힘들었는지 모른다. 하교하는 길에 떡볶이를 2인분이나 먹고도 집에 도착하자마자 치킨을 시켜 먹었다. 돌아서면 배가 고팠고, 서러웠다.

"단백질이랑 지방 많이 쌓아야 한다며. 남은 등갈비 다 가져왔어."

바니가 내 앞에 식판을 내려놓으며 말했다.

지나가던 아이들이 키득거리는 소리를 들으며 등갈비 하나를 집어 들었다. 단백질과 지방 축적을 거들어 준 바니에게, 배를 조이지 않는 고무줄 바지에, 무상급식에 감사했다.

내가 동면종이라는 사실이 전교에 알려진 지 오래였다. 우리의 과제 회의가 동면종 이야기로 끝나기 일쑤였으니 당연했다. 당혹스러운 시선과 수군거림을 견디는 건 생각보다 덜 힘들었다. 혼자가 아니기 때문인 건 분명했다.

내가 미노, 바니, 디오에게 빚을 졌다고 생각한 적도 있다. 하지만 아니다. 나는 빚지지 않았다. 셋에게 갚을 것이 없었다. 나는 셋 뒤에 숨지 않았다. 셋은 나를 대변하지도 않았다. 이따금 미노에게 잘못 걸린 아이들이 멘델의 법칙과 하디-바인베르크 법칙과 잠자는 숲속의 미녀에 대해 귀가 따갑게 듣고는 했지만. 담임 선생님과 교무부장 선생님을 거쳐 교감 선생님에게 사복 등교를 허락받은 것도 나였다.

나에게 알 수 없는 응원의 메시지를 보내는 아이들도, 궁금한 것을 물어 오는 아이들도, 나를 신기해하는 아이들도 있었다. 나를 위아래로 훑어보거나 이상한 웃음을 흘리며 지나가는 아이들도 당연히 있었다. 아마도 내가 없는 어디에선가 낄낄대는 아이들도 있을 거다. 우리 학교에 겨울잠 자는 돼지가 있다면서. 전혀 아무렇지도 않다고 하면 거짓말이다.

껍질 안에 꽁꽁 숨어서 내다본 세계는 모호하고 거대한 안개 덩어리였다. 이제 나에게 세계란 그 안개 속에서 작지만 분명한 존재들을 만나는 곳이었다. 또렷이 기억한다. 나는 동면종이라고, 내가 할 수 있는 최선은 너희의 최선과 다르다고 내 입으로 말하던 순간을. 내가 나를 정확히 호명하는 순간 열리던 세계를.

문득 노르웨이의 동굴 벽화가 떠올랐다. 다시는 보고 싶지 않았던 그 벽화가 자꾸만 눈앞에 아른거렸다. 그 벽화에서 내가 무엇인가를 놓쳤다는 생각에 쉽사리 잠이 오지 않았다. 결국 그 사진을 다시 꺼내 봐야 했다.

컴퓨터를 켜고 모니터에 사진을 불러내자 가슴이 묘하게 울렁거렸다. 처음에 느꼈던 잔혹함이 더는 느껴지지 않았다. 대신에 조금 울고 싶었다. 왜일까. 도대체 왜. 사진 구석구석을 확대하고 줄이기를 거듭하던 나는 마침내 그 위화감의 원인을 찾아냈다. 그러자 벽화 전체가 완전히 다르게 보였다. 두 번 다시 예전처럼 보려야 볼 수가 없었다.

다음 날 아침, 보여 줄 게 있다는 한마디에 미노, 바니, 디오가 한달음에 과학실로 달려왔다.

"하……."

"진짜 그러네……."

사진을 한참 들여다보던 디오와 바니가 낮게 탄식했다.

"충분히 가능한 가설이야."

말투는 담담했지만 미노 역시 사진에서 눈을 떼지 못했다.

내가 두서없이 늘어놓은 말을 미노가 순서와 논리에 맞게 정리해 들려주었다. 간밤의 전율이 또다시 나를 떨게 했다.

"이게 맞지."

"왜 여태 아무도 이 생각을 못 한 거야?"

디오와 바니가 무릎을 치며 말했다.

"내가 제일 먼저 한 생각은 아닐 거야. 어디엔가 분명히 나처럼 생각하는 사람들이 있을 거야."

틀림없이 그럴 거다.

"그럼 모여서 머리를 맞대야지. 이게 맞는다고 목소리를 내야지."

바니가 말했다.

좋은 생각이었다. 하지만 어떻게? 모두가 눈썹을 찌푸리며 골똘할 때였다.

"제보하자."

디오였다.

내가 제기한 가설을 미노가 영어로 옮기는 동안 나와 바니, 디오는 노르웨이 수면학회, 스웨덴 동면인류학회, 독일 막스플랑크진화인류학연구소 등의 연구기관, 그리고 북유럽 국가들의 신문사와 방송사의 이메일 주소를 찾아냈다.

세 아이가 지켜보는 가운데 나는 수신자 주소를 입력하고 미노가 보내 준 본문을 붙여 넣었다. 그리고 전송 버튼을 눌렀다. 내 손을 떠나 우리 주위를 떠돌던 공이 더 먼 곳을 향해 둥실 떠오르는 순간이었다.

마지막 등교가 사흘 앞으로 다가왔다. 새로운 관찰에 욕심을 부리는 대신에 여태 쌓은 기록을 최대한 잘 정리할 때였다. 내 관찰과 기록을 이어 갈 아이들에게 최대한 부담을 덜어 주어야 하기도 했지만 무엇보다 내 손을 거친 모든 것이 나의 최선이 되기를 바랐다.

어느새 마지막 등교일이었다.

"잘, 부탁해. 셋으로 나눠서, 줄까 하다가, 너희가 알아서, 나눠 맡는 게, 나을 거, 같아서."

USB를 미노에게 건네며 말했다.

"숨차?"

디오가 나를 살피며 물었다.

"응."

눈치 보지 않고 무상급식의 가치를 최대로 실현한 덕에 인생 최고 몸무게를 매일 경신하는 중이었다.

"너 처음 봤을 때 생각해 보면, 이 살이 자는 동안 다 빠진다는 거네."

"머리카락도, 빠져."

내 머리카락이 가장 윤기 있고 탄력 있는 계절에 교정의 활엽수들은 모두 잎을 떨구고 겨울 채비 중이었다.

선생님과 아이들에게 인사를 하고 교실을 나섰다. 교문까지 바래다주겠다고 따라나선 바니, 디오, 미노를 중앙현관 앞에서 들여보냈다. 마지막으로 내 화단에 가 보고 싶었다. '내가 맡은 화단'이 길어서 줄여 부르기 시작한 이름이 어느새 진짜 이름이 되어 있었다. 내 화단. 내 나무. 내 꽃과 내 풀들.

튤립 자리가 휑하게 비어 있었다. 그 아래에서는 알뿌리들이 내년 봄을 준비하고 있을 거였다. 추위를 견디며, 씩씩하게. 비어 보이지만 결코 비어 있지 않은 튤립 자리를 사진에 담았다. 내 나무들도, 내년 봄을 기약하며 축 늘어진 여러해살이풀들의 마지막 모습도 사진에 담았다. 감나무 꼭대기에 매달린 까치밥도.

— 자니?

— 아니.

내가 집에 머물기 시작한 뒤로 메신저 대화는 언제나 이렇게 시작되었다. 내 화단의 까치밥이 이제 하나밖에 남지 않았다는 소식도 반가웠을뿐더러 3반의 연습생이 드디어 데뷔 무대에 선다는 소식은 아이돌에 무관심한 나도 귀를 쫑긋할 만했다.

한계에 육박하는 체중만으로도 벅찬 와중에 무기력증이 밀려들기 시작했다. 동면이 임박했다는 뜻이다. 언제 정신을 놓을지 몰랐다. 엄마가 일하러 간 사이에 내가 잠들어 버릴 일에 대비해 엄마와 나는 아침마다 작별 인사를 나누었다. 이 몸으로 아무데서나 잠들었다가 엄마가 나를 침대로 옮기기 위해 누군가를 부르는 일은 없어야 했다. 가장 편한 차림으로 침대에 누워 폰을 들고 영화를 볼 때였다. 이메일 알림이 울렸다. 알림창을 날리고

영화를 계속 보려는데 미리보기가 영어로 시작되었다는 생각이
얼핏 들었다. 메일을 불러낸 다음 번역기를 돌렸다.

친애하는 누아 킴.

보내 주신 의견 감사합니다. 우리는 이미 유사한 의견을 간헐적으로 들
어 왔습니다. 히베르노안시스로 추정되는 무리가 쓰러졌다기보다는 누워
있는 듯한 점, 심지어 평온히 잠든 듯하다는 점을 근거로 사피엔스가 세워
든 창은 히베르노안시스를 몰살한 창이 아니라 동면 중인 그들을 맹수와
재난으로부터 지키는 창일 수 있다는 의견 말입니다. 당신의 의견이 누적
통계에 영향을 주었다는 점도 충분히 중요합니다. 그러나 우리가 벽화를
다시 연구하기로 결정한 이유는 따로 있습니다.

바로 당신이 동면종 당사자라는 사실입니다. 설명할 수는 없지만 그 벽
화에서 그 일을 겪은 듯한 기시감과 안도감을 느낀다는 당신의 반복된 고
백이 우리를 움직였습니다. 그리하여 우리는 그동안 유사한 의견을 보낸
이들을 추적해 동면증 보유 여부를 조사했습니다. 무응답자를 제외한 익
명의 80퍼센트 이상이 그렇다고 답했으며 당신과 같은 느낌을 받았느냐
는 추가 질문에는 100퍼센트가 그렇다고 답했습니다.

몰살설을 뒷받침하는 근거는 많습니다. 연구란 어떠한 경우에도 인상
이나 감정에 휘둘려서는 안 됩니다. 그럼에도 당신은 선사 연구에 생존 경
쟁을 우선적으로 적용한 우리의 연구 관습을 돌아보게 했습니다. 혹독한
환경 안에서도 구하는 손길이 왔다면 우리는 그것을 놓쳐서는 안 되기

때문입니다.

"열악한 도구로 동굴 벽을 쪼아 새긴 것은 사피엔스의 승전보가 아니라 다음 세대에 전달하는 지침이었을지도 모릅니다. 어쩌면 두 종 사이의 굳센 약속이었을지도요."

우리는 당신의 이 문장을 가슴에 새기고 새로이 연구에 착수할 것입니다. 벽화를 재분석하는 한편 사피엔스와 히베르노안시스의 관계에 대한 모든 연구를 재검토할 것입니다. 집단 기억의 전승에 대한 연구도 병행할 것입니다.

이 작업은 아주 오래 걸릴 것입니다. 그럼에도 불구하고 아무것도 바꾸지 못하고 끝날 수도 있습니다. 하지만 이것은 충분히 가치 있는 일입니다. 오늘의 우리는 어제의 진실에 다가가기 위해 애쓸 의무가 있기 때문입니다. 이 가치 있는 일에 함께해 주셔서 감사합니다.

막스플랑크진화인류학연구소 소장 장자크 위블랑 드림

메일을 읽는 동안 나도 모르게 긴장했던가 보다. 팔다리가 느른해지면서 정신이 아득해졌다. 이 소식을 얼른 아이들에게 알려야 한다고 생각했지만 자꾸만 눈이 감겼다. 그 눈이 마지막으로 확인한 것은 미노의 메시지였다.

― 미노: 봄에 일어나면 연락해.

김누아의 가설

몽롱함이 밀려들 때면 간절히 바라곤 했다. 봄이 오면 긴 잠에서 깬 모두가 동굴 밖으로 걸어 나가 함께 볕을 쬘 수 있기를. 잘 잤느냐며 서로 인사를 나눌 수 있기를. 하지만 이제 나는 그런 봄이 절대 오지 않는다는 걸 안다. 언젠가는 잠에서 깬 내 곁에 엄마가 없는 날이 오리라는 것도. 대신에 이 잠이 끝난 뒤 만날 세계는 여느 봄마다 머뭇거리며 들어서던 세계와 분명히 다르리라고 믿는다.

동굴 밖에 가만히 귀를 기울여 본다. 나를 비웃고 헐뜯는 사나운 소리 사이에서 작지만 선명한 목소리를 듣는다. 미노와 바니와 디오의 목소리인가도 싶고 내가 모르는 이들의 목소리 같기도 하다.

이불을 끌어당겨 덮으며 눈을 감는다. 칠흑같은 동굴 안에 내 목소리가 커다랗게 울린다.

기다려. 곧 갈게.

유채 곁에 피는 원

청예

청예

제9회 교보문고 스토리공모전 단편 부문 우수상, 제4회 컴투스 글로벌 콘텐츠문학상 최우수상, 제1회, 제2회 K-스토리공모전 최우수상, 제6회 한국과학문학상 장편 부문 대상을 수상했다. 장편소설 『라스트 젤리 샷』 『수빈이가 되고 싶어』 『수호신』 『오렌지와 빵칼』 등을 썼다.

— 엄마, 내 재수는 재수로만 끝낼게!

— 힘내라 우리 딸. 또 떨어지면 더 이상 내 딸 아님♡

과거를 한 번 더 반복한다고 해서 미래가 달아나지는 않는다. 적어도 나는 그렇게 생각한다.

32인치 캐리어에 생필품을 잔뜩 싣고서 행운빌라 앞에 섰다. 재수생 신분으로 시작하는 봄이지만 겨울이 오면 두 손에 반드시 입학 통지서가 있을 것이다. 이 멋진 자기예언을 곱씹으며 눈물이 아닌 기합으로 자취의 첫날을 시작했다. 이곳 행운빌라는 내 목표인 한국과학대와 무척 가깝다. 내가 준비 중인 전형은 과학인재 실기전형이다. 이름부터 좋은 기운이 물씬 느껴지는 행운빌라에 살면서 전력을 다해 보리라!

행운빌라는 5층 규모의 작은 주거용 건물이며, 아담한 마당과 화단으로 구색을 갖추고 있어 오래된 빌라치고는 외관이 나쁘지 않았다. 소담스러운 풀꽃들이 맞이해 주니 혼자 입주해도 쓸쓸하지 않았다.

일부러 친구도, 좋아하는 디저트 가게도 없는 여기까지 왔다.

유채 곁에 피는 원

연고가 있었다면 지역주민 추천전형도 노려 봤겠으나 현재는 실기전형이 최선이다.

홀로 좁은 공간에서 짐을 푸는 일이 처량하지 않았으면 하는 마음에 나는 휴대폰으로 친구들이 재미있다고 했던 유튜브 채널을 재생했다. 입시를 준비할 때는 보고 싶어도 꾹 참고 보지 않았는데, 자취 첫날이니 활기차게 시작하는 편이 좋겠다 싶어 스스로에게 관용을 베풀었다.

랜덤으로 재생된 다음 영상은 2년 전 한국을 강타했던 변종 폐결핵균에 관한 것이었다.

"변이 투버클로시스에 의한 호흡기 감염 사태를 기억하실 겁니다. 주로 은둔하는 1인 가구의 사망 사례가 많았는데요. 이제는 백신이 나와 다행이지만 여전히 위험은 있으므로 규칙적인 환기를 통해 실내 곰팡이를 방지……."

옷걸이에 옷을 걸다 말고 나는 창문을 활짝 열어젖혔다. 보증금 500만 원에 월세 30만 원. 서울에서 이 조건으로 주거 가능한 빌라라면 채광은 포기해야만 했다. 창문을 열자마자 보이는 맞은편의 신축빌라가 손에 닿을 듯 가까웠다. 저 집은 벽돌이 회색이구나, 하고 잠시 감상하다가 사생활이 노출될지도 모른다는 걱정에 어쩔 수 없이 창문을 닫았다.

그러고 보니 이 집, 모서리마다 얼룩덜룩한 흔적이 있는 게 수상했다. 과거 유행했던 폐결핵균, 전염성은 낮았지만 치사율이 높아서 굉장히 위험했다던데……. 큰마음 먹고 구매한 항균 방향제를 여기저기에 뿌렸다. 과연 나의 미래에 걸맞은 상쾌한 향이었다. 찌뿌둥한 허리를 두드리려던 찰나 캐리어 속에 시선을 잡아끄는 물건이 보였다.

"이건 내가 챙긴 게 아닌데?"

잊고 지낸 지 한참 지난 X-보이즈 데뷔 2주년 앨범이었다. 이른바 초호화 금박 에디션. 선착순 천 명에게만 지급된 글로벌 포토카드까지 포함된, 순애의 상징이었다. 하지만 사랑보단 수학 공식으로 뇌에 기름칠이 우선인 재수생에게 지난 연정들이 다 무슨 소용이란 말인가. 팬 활동을 끊은 지가 1년을 넘어가니, 최애를 보기만 해도 터질 듯 뛰던 심장이 어느새 돌덩이로 변해 버렸다. 요란하게 반짝이는 앨범을 보는 순간 '내가 왜 이 사람들을 좋아했지?'라는 우스운 자조만 남았다. 아마 우리 집에서 나를 가장 사랑하고 있을 사람이 내게 힘을 주고 싶었나 보다. 내가 한때 가장 사랑했던 물건으로. X-보이즈를 향한 마음은 예전 같지 않지만, 나는 그 앨범을 책상 중앙에 올려 두었다.

그래도 말이야, 이도연의 음주운전은 정말 충격이었다고. 그것 때문에 화가 나 친구랑 밤이 새도록 한풀이 수다를 떨었던 일은 아직도 기억에 남아 있다. 그 시절에는 좋아하는 것도, 좋아하지 못하게 된 것도 마음껏 떠들 상대가 있어서 외롭지 않았다. 하지만 오늘부터는 과거의 즐거움을 너무 자주 떠올려선 안 됐다.

사람은 누군가와 함께이지 않으면 살아갈 수 없는 존재임에도 불구하고 어떤 마음은 홀로 이겨 내야만 했다. 그것은 때때로 외로움이나 고독과 같은, 추상적이고 무거운 말로는 오히려 표현되지 않았고, 고향에 두고 온 가족의 얼굴이나 친구의 목소리처럼 제법 구체적인 형상으로 표현됐다. 내심 바랐다. 혼자든 함께든 나의 어리광을 다정하게 허락하는 세상이 있으면 좋겠다고.

커피 원두보다 쌉싸래해지는 마음을 다독이고자 엄마에게서 받은 수제 염주를 꺼냈다. '사찰에서 백일기도 후 얻은 건데 바깥 문고리에 걸어 두면 좋은 연이 닿는다더라.'던 엄마의 말이 떠올랐다. 예비 과학대 학생으로서 샤머니즘은 믿지 않았지만, 엄마의 성의를 생각해서 101호 문고리에 염주를 걸었다.

"학생 벌써 왔어?"

염주를 만지작거리는 동안 집주인 아주머니가 어색한 표정으로 다가왔다. 아주머니는 입주를 축하한다며 작은 팥떡 하나를 건넸다. 선물을 주는 사람치고는 목소리가 어두웠다. 문 앞에는 우리 둘밖에 없는데도 누군가 엿듣기라도 하는 듯 안절부절못하면서 주변을 살폈다.

"앞으로 잘 부탁합니다. 저는 한국과학대에 지원하려고 입주

했어요."

"그래요. 불편한 일이 있으면 이야기해요. 방 뺄 때 보증금은 잘 돌려줄 테니까 걱정하지 말고……."

"서울에서 이렇게 싼 집이 또 어디 있다고 방을 빼겠어요?"

"힘이 넘쳐 좋으네……."

"이전 사람들은 방을 빨리 뺐나 봐요?"

갑자기 아주머니가 허리를 문지르며 요즘은 파스를 붙여도 통 들질 않는다는 말로 동문서답을 했다. 그 수상한 얼버무림은, 그냥 넘어갈 수 있었던 것도 의심하게 만들었다.

"환기 잘 안돼서 그랬죠? 곰팡이 흔적이 있더라고요."

미리 선수를 쳐 추측을 하자 아주머니가 소스라치게 놀라며 101호 문을 와락 열어젖혔다. 문고리에 걸린 염주가 떨어질 정도였다. 아주머니는 허락 없이 얼굴을 밀어 넣고는 내 자취방의 네 모퉁이를 살폈다.

"무슨 소리야! 여기, 저기, 다 깨끗하기만 한데!"

"왜 이렇게 화내시는……."

"이상한 소리하니까 그러지!"

다짜고짜 말을 퍼붓고 아주머니는 전속력으로 자리를 떴다. 파스를 붙일 만큼 아프다던 허리도 달아날 때만큼은 최상의 컨디션을 보여 주었다. 무언가 찜찜하여 마당까지 쫓아 나갔지만 아주머니는 아무리 불러도 뒤를 돌아보지 않았다.

집주인과 첫날부터 껄끄러운 사이가 된 것 같아 기분이 꺼림 칙했다. 인사를 나누고 싶었을 뿐, 소란을 만들 생각은 없었다. 괜히 마당의 돌 하나를 주워 화단에다 집어 던졌다. 죄 없는 노란색 유채가 돌을 맞고는 휘청거렸다.

가끔 인생은 잘해 보려 할수록 더 엉망이 되곤 했다. 그런 날에는 노력하지 않은 날보다 더 비참해지는 기분이 들어 맥이 빠졌다.

'시간 여행을 직접 구현하고, 지원자가 생각하는 시간의 의미를 서술하시오.'

최선을 다했지만 불합격을 받은 지난 입시처럼.

그래도 오늘 하루를 망쳤다고 한 달이 망하지는 않겠지. 1년은 또 어떻고! 온몸에 기합을 넣고 심기일전하여 문 앞에 떨어진 염주를 주워 다시 걸고 라면을 끓였다. 배를 적당히 채운 후 곧바로 책상 위에 타임머신을 올렸다.

재작년부터 학생들에게도 개발이 허가된 타임머신은 입시생들의 과학 연구력을 측정하는 지표로 많이 사용됐다. 올해를 합격의 길로 이끌어 줄 나의 작품은 선배들의 지난 합격작과는 달라야만 했다. 자신은 있었다. 내가 선택한 형태는 아주 반듯하고 동그란, 톡 하고 건드리면 어디로든 굴러갈 것만 같은 미니

수레바퀴였다.

시간은 선형이 아니라 원형임을 믿으니까.

사람들은 대개 과거와 현재, 그리고 미래가 일직선 위에 있다고 믿는다. 시간이란 왼쪽에서 오른쪽으로 혹은 뒤에서 앞으로 흐르는 단방향 구조로 간주된다. 이를 선형 시간이라 한다. 하지만 시간이 선이 아닌 원이라면?

원에는 고정된 시작점과 종착점이 없다. 어디를 점으로 찍든지 특정한 점에서 출발해 다시 그 점으로 복귀가 가능하다. 오른쪽으로 굴려도, 왼쪽으로 굴려도 처음의 점으로 돌아올 수 있다는 의미다. 시간에 원형 구조를 적용하여 타임머신을 만들면 과거와 미래 양방향으로 모두 이동이 가능하다. 이미 나는 초끈 이론을 적용하여 시공간이라는 차원에서 양자의 움직임을……

공부하기 전에 라면 먹지 말랬는데. 식곤증을 이기지 못하고 책상에 엎드린 채로 졸아 버렸다. 조금 열어 두었던 창문 틈으로 들어온 휑한 바람이 등허리를 훑어 잠을 깨웠다. 잠기운이 서려 있는 눈을 비비고 시야를 정리하는데……

"으악!"

살짝 열린 창문 너머에 시커먼 형상이 있었다. 입가에 새까만 피를 흘리는 여자가 혼잣말로 무언가를 웅얼거렸다. 꿈인지 현실인지 분간이 되지 않았다. 바닥에 주저앉아 엉덩이를 질질 끌며 뒤로 달아났는데, 좁은 방에서는 최선을 다해 달아나 봤자 다섯 엉덩이였다.

행여나 귀신을 자극할까 봐 입을 틀어막고 신음을 참았다. 시계 초침 소리밖에 들리지 않는 정적이 방 안을 집어삼킨 뒤에야 귀신의 속삭임이 들렸다.

"늦었어."

오늘이 입주 첫날인데 뭐가 늦었다는 말인가. 호의적이지 않은 말투로 보아 이 집에서 나가라는 경고였다. 공간의 소유권을 멋대로 주장하는 귀신에게 나는 고개를 저었다.

"늦었어!"

귀신보다 무서운 게 삼수였다. 이대로 나갈 수는 없었다.

"늦었다고!"

끔찍한 형상이 각혈을 하며 괴이하게 호통쳤고, 나는 겨드랑이 살을 꼬집힌 사람처럼 비명을 질렀다. 귀신도 나의 목청에 당황했는지 바람이 되어 사라졌다. 왜 집주인이 이상하게 굴었는지 납득이 갔다. 이런 황당무계한 일을 겪고서도 태연할 세입자는 없을 거다. 수상하게 저렴했던 점, 즉시 입주가 가능했던 점, 이 집의 주인이자 표독스러운 자산가인 아주머니는 101호에 귀신이 존재한단 사실을 이미 알았겠지! 세상에 원인 없는 결과는 없다. 집주인에게 곧바로 전화를 걸었다.

"아주머니, 101호에서 누가 죽었어요?"

"아휴, 또 나왔나 보네. 2년이나 지났는데……."

"미리 말씀하셨어야죠!"

"학생은 전세가 아니라서 말 안 했어. 나가려면 나가."

"무책임하게 나가란 말만 하면 다예요?"

아주머니는 익숙하다는 듯이 내게 당장이라도 퇴거 처리를 해 주겠단 말만 되풀이했다. 이것이 적반하장인지 자포자기인지 구분할 수 없었다. 홧김에 즉시 방을 빼겠다고 말하려다가 오늘 아침부터 굳게 다짐한 것들이 무용해지는 기분이 들어 맥이 빠졌다.

왜 최선을 다하려 할수록 결과는 반대가 되는 걸까.

"죽은 애도 학생이었는데 친구처럼 얘기라도 해서 달래 보지 그래……."

"지금 그걸 말이라고 하세요?"

"성불만 시켜 주면 내가 대학 추천서라도 써 줄 텐데……."

얄궂게도 최선을 다해야 하는 이유는 계속해서 주어졌다. 포기할까 싶으면 실낱같은 기회가 주어지고, 접어 볼까 싶으면 어떠한 가능성이 보이는 것. 이 지난한 반복으로 나의 스무 살은 시작되려나 보다. 나는 아주머니의 마지막 말에서 새로운 희망을 감지했다. 이 집에 붙어 있는 귀신이 누군지는 모르겠지만 만약 내가 귀신을 성불시킬 수 있다면? 그래서 지역주민 추천전형을 노려 볼 수 있게 된다면?

인생이 다음 스텝으로 넘어갈 때 필요한 건 망설임이 아닌 한 걸음이다. 곧바로 책상에 다시 앉아 타임머신을 챙겼다. 사실 직접 만든 타임머신을 한 번도 실험해 본 적이 없었지만, 2년 정도의 과거라면 현재와 멀지 않으니 충분히 가동이 가능하리라.

시간과 공간은 별도가 아니라 짝이다. 시간을 과거로 돌리면, 공간도 함께 뒤로 간다. 공간을 뒤로 돌리면, 시간도 과거로 회귀한다. 시공간은 '현재'라는 하나의 좌표로 존재하는 특정한 차원인 것이다. 그러므로 시간을 이동시키는 나의 수레바퀴는 사실 공간의 기억을 더듬는 물품이다. 두 바퀴를 회전시키면 나는 지금의 공간이 기억하는 두 바퀴 전의 차원으로 이동한다. 수레바퀴는 느린 속도로 역회전하여 원래의 위치로 복귀하는데 그 지점에서 시간 여행도 끝이 난다.

빌라 밖으로 나가 미니 수레바퀴를 손으로 살짝 돌렸다. 바퀴가 서서히 돌아갔다.

101호에 묶여 있는 죽음의 정체를 살피고 현재로 돌아와 성불 방법을 강구해 보자. 어려운 일이 아닐지도 몰랐다. 잘만 한다면 타임머신의 성능을 확인함과 동시에 한국과학대 지역주민 추천서까지 받을 수 있다.

그러니 이 시간 여행은, 성공할 시 내게 많은 것을 약속하는 도전이었다. 마다할 이유가 없었다.

◇ ◇ ◇

살짝 두통을 느끼며 찌푸린 눈을 떴다. 수레바퀴는 아주 느린 속도로 역회전을 하고 있었다. 일단 과거로 오는 일까지는 성공한 셈이었다! 나의 재능이 기가 막히구나.

2년 전의 행운빌라에는 내가 보지 못했던 활기가 있었다. 벽돌색은 선명했고 낙서는 적었으며, 외벽의 광택도 잔존했다.

한 가지 규칙 정도는 기억해 둬야 했다. 시간이 원형이라면, 시계 방향으로 돌리든 반시계 방향으로 돌리든 원의 시작점이 곧 종착점이 된다는 사실만큼은 변하지 않는다. 이 말은, 내가 과거에서 뭔가를 한다고 해서 과거에 있었던 사건 자체가 바뀌지는 않는다는 뜻이다. 연금술사를 만난 압바스가 세월의 문을 아무리 통과해도 운명을 바꿀 수 없었던 것처럼 말이다.[*] 미래에서 당도한 자가 과거를 변형시키려 한다 해도 시공간이 그 행위를 허가하지 않을 것이다.

일단은 101호 사람을 만나는 일이 우선이었다. 웬만한 늦잠쟁이가 아니면 진작에 기상했을 정오였고, 오늘은 주말이니 높은

[*] 테드 창의 SF 단편소설 「상인과 연금술사의 문」 중에서.

확률로 안에 있겠지. 마침 주머니 안에 집주인에게서 받은 팥떡이 있었다. 나는 빌라 대문을 열고 들어갔다. 화단에서 천진난만하게 흙장난 중인 학생을 지나쳐 101호 문 앞에 섰다.

초인종을 눌렀으나 아무도 나오지 않았다. 두어 번 두드려도 대답이 없었다. 혼자 사는 집은 대체로 조용하지만, 숨기척조차 나지 않는다면 바깥에 선 사람이 얼마나 두려운 상상을 하게 되는지 알고 있으려나. 설마 그 귀신의 기일에 온 건 아니겠지? 오싹한 마음이 들어 문에다 살며시 귀를 갖다 댔다.

"저기요. 거기서 뭐 하세요?"

화단에서 흙장난을 치던 학생이 어느새 내 뒤에서 나를 불쾌한 표정으로 불렀다.

"101호 주민을 만나려고……."

검은 생머리를 길게 늘어뜨린 여자아이가 손을 탈탈 털며 내 곁으로 왔다. 그러고는 자기 집 앞에서 무슨 짓이냐고 따져 물었다. 생각지도 못한 당돌한 목소리가 나를 당황시켰다.

"그쪽이 101호 주민이셨어요? 근처 이사 온 이웃인데 떡 좀 드리려고요."

"저한테 떡을 왜 줘요?"

여자아이는 태어나서 누군가에게 한 번도 떡 같은 건 받아 본 적이 없다는 듯이 어색해했다. 나는 소심히 팥떡을 내밀며 원래 이사 오면 떡도 돌리고 그러는 거 아니겠냐는 넉살 좋은 연기로 얼버무렸다.

"근처 학교로 전학 왔나 봐요?"

나는 얼떨결에 고개를 끄덕였다.

"아…… 네! 다음 주 수요일부터 등교하기로 했어요. 스무, 아니, 열여덟 살이요."

한 번 하는 거짓말은 오늘을 바꾸고, 두 번 하는 거짓말부터는 내일을 바꾼다지. 거짓말도 해 본 사람이 잘하는 것이라, 능숙하지 못한 나는 진땀이 났다.

"나보다 한 살 위네요. 근처 학교라면 한국과학고?"

여자아이는 건조한 눈빛으로 팥떡만 봤다. 생각해 보면 근처에 있는 학교는 과학고가 유일했지만, 내가 졸업한 고등학교는 아니었다. 여기에 산다면 높은 확률로 한국과학고에 다닐 텐데, 또 거짓말을 했다가는 들통날 게 뻔했다. 뭐라고 대답을 해야 할까…….

"혹시 한국과학고 다니세요?"

나는 대답 대신 능청스러운 표정으로 역질문을 했다.

"난 안 다녀요. 학교."

돌아온 대답은 퉁명스러웠다. 여자아이는 101호 문을 열었다. 유연하게 나를 비켜 문안으로 쏙 사라지려는 상대를 향해 다급히 소리쳤다.

"저기! 화장실 좀!"

이대로 끝낼 순 없어서 배를 쥐어 잡고 안으로 들여 달라 간청했다. 아침 일찍 우유를 먹었더니 배가 아파 인생 최악의 실수를 저지르기 3초 전이라고 빌고 빌었다. 물론 이것도 거짓말이었다. 정말이지, 거짓을 유지하려면 몇 개의 거짓이 더 필요한지 모르겠다.

여자아이의 표정이 삽시간에 구겨졌다. 대뜸 낯선 사람이 화장실을 쓰게 해 달라 부탁하니 무리는 아니었다. 초라한 부탁을 하는 스스로가 창피했지만, 평정을 찾으려 애썼다. 과거까지 온 이상 사연은 알고 떠나야 했다.

"아 진짜, 더럽게."

"제발……. 유당불내증이 심해요……."

"집 가서 싸면 되잖아요!"

"지금…… 급해요."

결국 생리적 욕구의 절박함을 이해해 준 아이가 출입을 허가했다. 당장에라도 나의 엉덩이를 걷어차고 싶어 하는 그 눈빛을 피해 얼른 화장실로 돌진해 변기 위에 앉았다. 적당히 휴지를 뜯고, 물을 내리며 용변을 보는 시늉을 했다.

수건 한 장에 칫솔 하나. 단출한 화장실은 함께 사는 가족이 없느냐고 물으려던 나의 입을 쉬게 했다.

눈에 띌 정도로 화려한 물품은 하나뿐이었다. 그건 내가 사랑했던 얼굴이 잔뜩 프린팅된 핸드워시였는데 X-보이즈 데뷔 앨범

굿즈 중에서도 팬 한정으로만 판매된 제품이라 모두의 화장실에 허가되는 평범한 핸드워시가 아니었다.

제품을 들고 벌컥 문을 열었다. 여자아이가 여전히 미간의 주름을 펴지 않고 있었으나 개의치 않았다. 우리 세계에서는 동족을 발견하면 꼭 물어야 하는 것이 있다.

"혹시 X-보이즈 최애가 누구예요?"

"설마 그쪽도?"

"혹시 최애가 이도연?"

"어?"

나지막이 들려온 "맞아요."라는 대답. 그거면 충분했다. 구겨진 얼굴이 우연히 겹쳐진 취향 덕에 누그러졌다. 우리는 X-보이즈를 다리미 삼아 서로의 경계를 판판히 펴 없앴다.

비록 스무 살의 나는 덕질을 관뒀지만, 이맘때의 나는 한창 이도연이라는 멤버에 푹 빠져 있었다. 오렌지주스 한 캔을 건네며 열띤 마음을 쏟아 낼 준비를 하는 아이는 과거의 나와 다르지 않았다. 광대와 턱 끝이 하트 모양을 이루며 고양되는 모습이 귀여웠다. 나를 짜증스러워하던 눈빛은 마치 전생에나 봤던 듯 멀게만 느껴졌다.

"포토카드 컬렉션 보실래요? 글로벌 에디션 빼고는 다 모았어요."

"나 글로벌 에디션 있어요."

"미쳤어! 너무 부러워요!"

말할 수 없었다. 곧 이도연이 음주운전으로 물의를 일으키면서 그룹의 평판이 추락하고, 포토카드 시세도 폭락한다는 슬픈 소식만큼은. 지금이 우리 사랑의 전성기이고, 앞으로는 실망할 일만 남았다는 말은 아무짝에도 쓸모없는 예언이었다. 이렇게 행복해하는 아이에게는 특히 그러했다.

우리는 포토카드를 한 장 한 장 짚어 가며 무슨 활동을 했던 때이고, 얼마나 멋있었는지를 열심히 떠들었다. 이 타이틀곡은 한 세기가 지나도 기억될 전설 중의 전설이며, 이 무대는 전 세계 팬들을 하나로 만들어 줄 문화혁명에 준하는 예술이라며 호들갑을 떠는 우리의 모습은 쌍둥이처럼 닮아 있었다. 비록 그 노래는 한 시즌만 지나도 바로 차트 아웃이 되어 잊히고, 무대 또한 두 달을 버티지 못하고 팬들 사이에서 회자도 되지 않는 과거의 영상으로 묻힐 뿐이지만 나는 이 과거가 나의 현재인 듯 몰입했다.

아이의 이름이 연주고, 나의 이름이 연희라는 정보는 그 후에야 교환했다. 만나자마자 아이돌 이야기부터 한 것이 우습다고 생각돼 우리는 대화 중에 여러 번 킥킥거렸다. 주스 한 캔을 다

비울 때쯤에는 둘 다 긴장이 누그러져 서로 말을 놓았다. 연주는 X-보이즈 팬을 실제로 만난 건 처음이라며 서랍장에 넣어 둔 간식거리를 잔뜩 꺼내 주었다.

　조금 의아했다. 열여덟의 내 주변에는 모든 아이들이 X-보이즈를 좋아했다. 학교에 가면 X-보이즈 이야기밖에 하지 않았으므로 동일한 팬덤에 속해 있단 이유로 반가웠던 적은 없었다. 연주의 방글방글한 웃음이 어쩐지 나와 달라 보였다.

　한창 웃고 떠드는 중에 연주의 휴대폰 알람이 울렸다.

　"나 이제 일해야 돼. 아쉽다."

　"일? 무슨 일?"

　"집에서 인터넷으로 하는 일인데 밤에야 끝나."

　"나 그럼 이만 가 볼게."

　컴퓨터를 켜는 연주의 등은 작고 얇았다. 바닥에 널브러진 이 계절의 이불처럼. 신발 뒤축에 발꿈치를 넣고 고개를 돌리자 그제야 방 모퉁이에 피어난 검은 꽃들이 보였다. 저것이겠구나. 작은 여자아이가 걸어갈 원의 종착점을 허가 없이 훔쳐봤다는 사실에 심장에 먼지가 낀 듯 불편한 이물감이 느껴졌다.

　이제 미래로 가 집주인에게 굿이라도 해 보자 권유하면 되겠지. 어차피 내가 개입해봤자 이 아이의 결과는 바뀌지 않을……

　"내일도 올래?"

아직 덜 자란 그 아이의 뭉툭한 코가 찡긋거렸다. 나는 어쩐지 그 말이 내일도 와 달라는 말로 들렸다.

◇ ◇ ◇

현관 밖으로 가 역회전 중인 수레바퀴를 아주 미세하게 건드려, 시간을 내일로 이동시켰다. 뭐, 하루 정도는 뭉툭한 코를 더 봐도 괜찮겠지 싶어서.

101호 문 앞에서 나는 연주가 놀라지 않게 조심스레 문을 두드렸다. 연주가 두더지처럼 고개만 빼꼼 내밀었다.

"진짜로 와 줬네. 오늘은 같이 무대 영상 볼래?"

"오늘은 나가서 놀자. 근처에 공원이 있잖아."

연주의 방에 피어 있는 검은 꽃을 본 이상, 실내에 더 머무르게 하고 싶지는 않았다. 하지만 연주는 이상하리만치 외출을 싫어했다. 날씨가 좋다는 말은 무용했다.

"그냥 집에서 놀자."

"같이 산책하면서 이야기하면 더 재밌을 것 같은데."

"왜 자꾸 나가려고 해?"

"그야……"

너는 그 방에 오래 있지 않는 게 좋으니까. 그 말을 꺼내선 안 될 것 같아 그럴듯한 이유를 고민했으나 떠오르지 않았다. 그때

바람이 불고, 흙냄새가 나기에 엉겁결에 빌라 화단을 가리켰다. 이름 모를 풀 위로 햇살이 쏟아지고 있었다.

"더 넓은 곳에서 핀 모습이 궁금하지 않아?"

연주는 못 이기는 척 겉옷을 챙겨 입었다. 나는 연주를 데리고 공원으로 가는 동안 팔을 조몰락거리며 연주가 좋아할 법한 이야기를 꺼냈다. 연주는 곁에 선 사람의 노력을 무안하게 만드는 아이가 아니었고, 나는 억지로 따라온 아이를 지루하게 내버려두는 사람이 아니었다. 우리는 제법 환한 표정으로 공원으로 들어섰다.

한가로이 시간을 보내는 사람들이 많았다. 공원에는 어떤 불행도 없었다. 그 일상적인 평화로움이 오히려 위협이 되어 연주를 불안하게 만든 것 같았다. 갑자기 연주는 길을 잃은 다람쥐처럼 주변을 자꾸 살폈다.

"이만 집에 들어가자."

"왜?"

"그냥 신경 쓰여서."

연주는, 동네의 또래들은 자신에게 친구가 없다는 것을 모두 안다고 말했다. 모두가 학교에 있을 때 그 어디에도 없는 사람은 연주뿐이었으니까. 또한 연주는 이 동네에 사는 사람이라면 자신이 가족과 살지 않는 것도 모두가 다 안다고 말했다. 사람들은 그런 자신에게 매번 이유를 묻고, 대답을 듣기도 전에 판단

할 만큼 성격이 급하다는 것도.

이 시간에 낯선 사람과 함께 팔짱까지 끼고 공원을 걷고 있으면 나까지 이상하게 생각한다는 것이 연주가 내 팔을 놓으려는 이유였다.

"그게 왜 이상해?"

"난 늘 혼자 지내니까."

"혼자인 사람은 가끔 누군가랑 팔짱 끼고 같이 걸으면 안 돼?"

연주는 또렷하게 반박하지 못하고 입안에서 짧은 소리를 웅얼거렸다. 친구들 중에도 살을 맞대는 걸 싫어하는 경우가 있었다. 그러면 억지로 하지 않는 편이 옳았다. 연주는 그 친구들과는 조금 다른 얼굴로 망설였다. 하는 수 없이 나도 연주한테서 반걸음 정도 떨어졌다. 우리는 그런 상태로 걸으며 대화를 이어 갔다.

나는 연주에게 이도연이 가장 좋아하는 디저트인 탕후루를 먹어 본 적 있느냐고 물었다. 연주는 탕후루를 한 번도 먹어 본 적이 없다며 바닥에서 솔방울을 하나 주웠다. 주먹으로 감싸고선 이미 단 과일에 왜 설탕 코팅까지 하느냐고 이해할 수 없다며 불평했다.

"네가 못 먹어 봐서 그래. 맛있거든?"

"보나 마나 별로야. 우르르 몰려다니면서 자기들끼리 사진 찍고 시시덕거리는 그런 음식."

연주는 쥐고 있던 솔방울을 땅에 던지고는 신발 앞코로 톡 차 버렸다.

"감히 최애가 좋아하는 음식을 모욕하다니. 너 제법이다?"

"내가 알기로 이도연은 그런 것보다 캐러멜을 더 좋아해. 내가 며칠 전에 봤는데……."

우리는 공통의 관심사를 매개로 하여 끝도 없는 꼬리잡기를 이어 갔다. 내가 좋아하는 음식을 말하면, 연주는 그 음식에 얽힌 연예인의 일화를 말했다. 또 내가 좋아하는 영화를 말하면, 연주는 그 영화에 출연한 배우의 웃긴 에피소드를 말했다. 나는 기회가 있을 때마다 연주에게 물었다. 너는 무엇을 좋아하느냐고.

보통 사람은 자기 이야기를 할 때 눈이 가장 반짝이지만, 어떤 사람은 자기 이야기를 가장 어려워했다. 그런 사람은 타인의 이야기로 하루를 다 채워야만 했다. 제일 중요한 것을 미룬 채 살아감으로써 그들은 오히려 쾌활해 보였다. 자신을 제외한 온 세상의 이야기를 꺼내며 어린아이처럼 해맑게 웃는 연주가 그러했다.

즐거운 이야기 사이에 잘못 끼워진 이음말처럼 불쑥불쑥 튀어나오는 연주의 짧은 한숨들은 다른 어떤 말보다도 선명했다.

"연주야, 저녁에는 뭐 해?"

"오늘은 일 안 하니까 쉴 거야."

"그러면 같이 저녁 먹을래? 내가 탕후루 만들어 줄게."

"진짜?"

"거봐. 너도 먹어 보고 싶었지?"

"아니거든!"

우리는 목이 탈 만큼 실컷 떠들고 난 후에야 집으로 향했다. 연주는 다음에 X-보이즈가 콘서트를 하게 되면 같이 가 줄 수 있느냐고 물었다. 돈이라면 열심히 모으고 있다며 들뜬 얼굴로 나를 바라봤다. 고개를 끄덕이며 연주와 거리를 둬야 한다는 것을 깜빡 잊고 다시 팔짱을 꼈다. 움찔거림이 팔을 통해 느껴졌으나 연주는 팔을 뿌리치지 않았다. 다만 넌지시 물어 왔다. 만약 돌아가는 길에 예전 친구들을 우연히 마주친다면 나를 뭐라고 불러야 하느냐고.

이름을 부르면 된다고 말하려다가 답을 바꾸었다.

"언니라고 해."

호기롭게 도전한 딸기 탕후루는 대실패였다. 분명 설탕과 물을 2 대 1로 맞추기만 하면 되는 줄 알았는데 실제로 해 보니 잘되지 않았다.

"대체 이게 왜 유행인지……. 웃겨."

"그래도 먹어 보니까 좋지?"

"별로!"

연주는 순 엉터리를 만들었다며 볼멘소리 하면서도, 사진을 찍었다. 나는 사진이 잘 나오게 탕후루의 구도를 이리저리 바꿔 주었다.

연주가 설거지를 하는 동안, 돌아오는 길에 마트에서 산 곰팡이 제거제를 벽 구석구석 뿌렸다. 지금부터라도 꾸준히 뿌리면 효과가 있을지도 몰랐다. 벽지가 잔뜩 젖을 만큼 뿌린 뒤 스펀지로 문질렀다. 조금 옅어지는가 싶었으나 완전히 지워지진 않았다.

"내버려둬. 원래 이런 곳에는 곰팡이 많이 펴."

"아니야. 집주인한테 연락해서 꼭 벽지 바꿔 달라고 해. 위험한 걸지도 몰라."

"그냥 곰팡이야."

"아니라니까!"

나는 팔뚝에 힘줄이 솟아오를 만큼 열심히 얼룩을 닦아 냈다. 이 곰팡이를 지우지 못한다 한들 연주의 마지막에 내 책임이 있는 것은 아니었다. 지금 내가 지우려고 하는 것은 곰팡이가 아닌 마음의 짐인지도 몰랐다. 차갑고 습한 벽은 야속하기만 하여 사람의 노력을 알아주지 않았다.

"너 이사 가면 안 돼?"

연주가 이 집에서 곧 나가고, 이다음에 오는 세입자가 사실 죽을 운명인 걸 수도 있었다.

설거지를 마친 연주가 나에게 베개를 던졌다. 손님 주제에 말이 많다며 킥킥거리는 얼굴 속 짧고 뭉툭한 코가 귀엽게 움찔댔다.

우리는 나란히 얇은 이불 안에 몸을 욱여넣고선 창밖을 바라보았다.

"집에 있으면 보통 뭘 해?"

"난 한국과학대학교 준비 중인데 수레바퀴 타임머신을 연구해."

"그걸로 뭘 하려고?"

연주를 향해 돌아누웠다. 작은 아이는 자기 일상에 없는 답을 신기하게 여겼다.

"시간을 이동시키면 과거든 미래든 보고 싶은 걸 다 볼 수 있잖아. 너는 미래에 궁금한 거 없어?"

연주가 이불을 끌어 올려 입을 감추었다. 또랑또랑한 눈이 잘 보였다.

"미래 같은 거, 흥미 없어."

"왜?"

"그냥."

"고민이 있어?"

연주는 고민은 없다고 말했다. 곧이어 고민을 말할 수 없다고 말을 다시 바꾸었다. 응답받지 못한 질문들은 제각각 추측의 형태로 몸집을 키웠다.

무슨 일이 있었지? 부모님과 왜 따로 살지? 매일 라면만 먹는 걸까? 왜 학교를 안 다닐까? 하루를 보아도 1년은 본 아이처럼 연주가 궁금했다. 나는 이 아이의 현재가 아닌 과거가 궁금했다. 오늘이라는 결과가 아닌 오늘까지의 과정들이.

하지만 그 물음에 일일이 답을 듣지 못하리란 걸 알았다. 또한 나 역시도 많은 것을 나눌 수 없음을 모르지 않았다. 서로 잘 알지 못했고, 서로 혼자이니 우리의 관계는 동등했다.

"타임머신은 어떻게 만드는 건데?"

"원형 시간을 구현해서 만들어. 시간은 선이 아니라 원인 거 알아? 초끈 이론에 따르면 이 세상의 모든 건 결국 끈처럼 둥글어. 차원이란 것도 원형인 거야."

나는 곁에 누운 아이가, 정해진 미래와는 상관없이 적어도 내일에 대한 사소한 기대 정도는 품고 살아가 주면 좋겠다고 여겼다. 그저 같은 사람을 좋아했던 팬으로서, 혹은 우연히 알게 된 대단치 않은 인연의 징표로서 아주 작은 힘이라도 되어 주고 싶었다.

"원 위에 있으면 무조건 목적지를 향해 걸어가게 돼. 허투루 보내는 시간이란 건 없어."

유채 곁에 피는 원

하지만 연주의 얼굴은 별이 아닌 밤하늘을 닮았다.

"그러면 의미 없네. 결국 원에서 못 벗어난다는 거잖아. 혼자인 운명을 타고난 사람은 죽을 때까지 혼자고."

나는 그 순간에, 시간 여행의 규칙을 떠올렸다.

어떤 방향으로 돌아도 우리는 모두 정해진 목적지를 향해 걷는다. 순행과 역행을 자유롭게 선택할 수는 있지만 멈추는 것은 불가능하다. 자르지도, 찢지도 못한다. 그러니 나는 미래에서 듣고 온 연주의 종착점을 바꿔 주지 못하겠지. 아직 과학이 발달하지 않아서가 아니었다. 이 우주를 창조한, 이름 모를 잔인한 어떤 존재의 뜻이었다. 나는 한 번도 그 뜻에 반항을 해 보려 하지 않았다. 당연하다고 생각해서 잔인하다고 생각하지도 않았다. 계절이 바뀌면 나뭇잎의 색이 바뀌고, 그 아래에서 누군가가 울고 있으면 쳐다보게 되고, 그 사람이 떠나면 자리가 텅 비는 것처럼 당연한 일들.

세상에는 노력으로 가질 수 있는 것과 노력해도 가질 수 없는 것이 공존했다. 최선을 다해도 맥없는 결과가 존재하는 이유도 그 때문이었다.

하지만 한 이불을 덮고 있는 이 아이에겐 다른 말을 해 주고 싶었다. 피가 섞이지 않고, 서로 잘 알지 못해도 그 정도는 말할 수 있었다.

"상대성 시간 이론에 따르면 시간에 대한 경험은 절대적이지 않아. 똑같이 한 시간을 살아도 사랑하는 사람과 함께하는 한 시간은 참 짧고, 불편한 사람과 함께하는 한 시간은 영겁과 같지. 나의 원과 다른 사람의 원이 겹쳐지면서 목적지까지의 여행은 달라지기도 하는 거야. 누군가를 만나 동그래졌다가 헤어져 찌그러지기도 하고, 다시 펴지기도 하면서 말이야."

연주가 나를 향해 돌아누웠다. 가까이서 본 그 아이의 두 눈 안에 온밤이 가득했다.

"그러니까 모든 사람에게 삶은 의미가 있어."

다음 날에도 연주의 손을 잡고 나가려 했다. 날이 좋다는 똑같은 핑계를 대며, 오늘은 공원에 사람이 별로 없을 거라는 허술한 거짓말을 하며. 하지만 연주는 어제와는 조금 다른 목소리로 거절했다.

"감기에 걸린 것 같아."

잔기침이 반복됐다. 삶이 조금씩 찢기는 소리였다.

나는 연주의 원이 원래의 중심을 결코 양보하지 않으리라는 무서운 구심력을 느꼈다. 그래서 연주의 손을 절박하게 감싸고 잡아당겼다. 집에 있는 시간을 단 1분이라도 줄이고 싶었다.

"햇살이 좋으니까 나가자. 꽃도, 풀도 잔뜩 피어 있으니 구경하고 오자."

연주는 고개를 저으며 쉬고 싶다는 말을 반복했다.

약국에서 약을 잔뜩 사 왔다. 시럽약, 알약, 가루약. 뭐든 좋으니 밥을 먹고 난 후에는 꼭 챙겨 먹으라고 호소했다. 조금이라도 숨이 차면 병원에 가고, 혼자서 갈 수 없으면 구급대를 부르라고 명령처럼 부탁했다. 약봉지를 잔뜩 내밀면서도 이 약들이 효험을 발휘하지 못한 채로 사라지리란 직감이 들었다. 파도가 쓸어 갈 모래성을 보는 듯이 내 마음은 다급해졌다.

연주가 입꼬리를 당겨 올리며 힘없이 미소 지었다.

"오늘 왜 그래? 휴대폰 배터리 1퍼센트 남은 사람 같네."

내가 너의 미래를 말해도 될까. 그건 우리가 좋아했던 누군가의 인기가 시들리란 걸 말하는 일 따위와는 전혀 다를 텐데. 하지만 한 번쯤은 저항해도 괜찮지 않을까. 색이 바뀌는 나뭇잎을 책 속에 꽂아 간직하고, 울고 있는 누군가에게 다가가 손을 잡아 주고, 누군가 떠난 자리마저도 채우려 하는 당연하지 않고 번거롭기만 한 저항 말이다.

결심한 순간, 목소리가 나오지 않았다. 연주에게 닥칠 일에 대해 예고하려는 말은 단 한 단어도 소리가 되어 나오지 않았다. 온 시간과 차원이 나의 개입을 막는 것이 느껴졌다.

공중에서 헛손질을 반복하는 사람처럼 의미 없는 입 운동만 계속했다. 목소리를 내지 못하고 입만 뻐끔거리는 동안 연주의 목소리가 선명히 들려왔다.

"집에 사람이 있으니까 좋다."

혼자가 되고 싶어서 혼자인 사람이 있다. 그 사람은 외롭지 않을 수도 있겠지. 하지만 혼자가 되고 싶지 않았는데 혼자인 사람이라면? 혼자라도 괜찮다고 계속해서 스스로를 다그치는 사람이라면? 나는 연주가 그런 사람이 아니기를 바랐다. 연주에게는 많은 내일이 필요했다. 새로운 사람을 만나고, 용기 내 산책을 하고, 내심 먹고 싶었던 음식을 먹어 보는 시간들이.

연주는 고개를 반대편으로 돌리고는 한 뼘 정도 멀어져 기침을 참더니 내게 물었다.

"혹시 형제가 있어?"

"남동생이 있어."

"그럼 집에 가면 동생이 기다리고 있어?"

"전혀."

나는 남동생과는 사이가 데면데면해서 밥을 먹을 때 한마디도 하지 않는다고 말했다. 연주는 밥은 주로 무엇을 먹느냐 물었다. 별것 없다고 대답했다. 엄마가 해 주는 김치찌개나 된장찌개, 내 몫까지 끓여 오라고 시킨 라면, 가끔 같이 돈을 모아서 사 먹는 치킨 정도. 혼자 살아도 얼마든지 먹을 수 있는 것들이라고 말했다.

연주는 미세하게 달라진 얼굴로 물었다. 그래도 누군가 곁에 있으면 다르지 않느냐고.

　나의 대답이 연주의 어떠한 감정을 건드리지 않았으면 해서 오랜 시간 아무 말도 못 하고 망설였다. 연주는 쓴웃음을 보였다.

　"나는 가족이란 기다림에 응답해 주는 사람이라고 생각했어. 비록 내가 남들과 다르게 살길 선택한다 해도, 언젠가는 괜찮다는 답을 해 주길 바랐거든. 하지만 어떤 말은 아무리 기다려도 돌아오질 않더라. 그래서 무엇도 기대하지 않겠다고 다짐했는데 지금은 또 나를 보러 와 줬으면 하고 바라게 돼."

　나는 몸을 연주에게로 바짝 붙였다. 꼭 붙어 있으면 작은 이불도 부족하지가 않았다.

　"나를 언니라고 생각해."

　"나는 집에 있는 남동생하고는 다르잖아."

　"기다림에 응답하는 게 가족이라며."

　연주는 내게 물었다. 이 집에 놀러 오는 시간을 기다리게 될 것 같으냐고. 나는 그렇다고 대답했다. 연주의 얼굴에 쌀알만 한 기쁨이 피어났다.

　시야가 먼지 낀 듯이 점점 흐려졌다. 움직임이 느려졌으며 감각이 둔해졌다. 내가 이곳에 머무를 수 있는 시간이 고갈되는 중이었다. 연주가 보는 앞에서 사라지고 싶지는 않아 자리에서 급히 일어났다. 마침 연주는 감기가 옮을지도 모르니 일찍 돌아가라며 나를 보내려 했다.

현관에서 연주는 기침이 나오려는 입을 두 손으로 가리고 나를 불러 세웠다.

"또 올 거지?"

다시 미래로 돌아가 내가 살던 현재에 닿는다면 아마 높은 확률로, 이 순간으로는 돌아오지 못할 거다. 내가 알기로, 타임머신은 과거의 특정 좌표를 한 번밖에 사용하지 못한다. 미래로 갔다가 다시 과거로 이동할 수는 있지만 그 과거는 지금과 완전히 동일한 차원이 아니게 된다. 매 순간 연주는 나를 모를 테고, 먹어 보고 싶었던 음식을 먹지 못한 과거에 살 것이다. 이 시공간의 우리는 이것이 유일하다.

시간이란 그토록 잔인했다. 순행도, 역행도 모두 허가하지만 한번 흘려보낸 순간으로 다시 돌아오는 일은 불가능했다. 과거에 두고 가야 할 연주를 마지막으로 눈에 담았다.

"이제 바빠져서 아마 오랫동안 못 올 거야. 그래도 내가 준 약 잘 챙겨 먹고, 공원 산책도 하고, 탕후루도 만들어 먹으면서 잘 지내야 해. 나에게 한 것처럼 다른 사람과도 어울리며 산다면 누구라도 네 기다림에 응답할 테니까 너무 걱정하지 말고."

"꼭 다시는 안 올 사람처럼 말하네."

연주가 나의 손바닥 위에 사탕을 하나 올려 주었다. 이것은 첫날, 내가 줬던 떡에 대한 보답이라며.

"같이 콘서트는 가 줄 거지?"

"당연하지. 그러니까 그때까지 꼭 건강하게 지내야 해."

"알겠어."

"꼭이야. 건강하게 지내는 거."

"응."

이제는 목에 힘이 들어가지 않았다. 점점 연주의 이목구비도 보이지 않았다. 해가 환하게 쏟아져 온 세상이 밝다는 감각뿐이었다.

"화단에 심어 둔 꽃이 피면 구경하러 와, 언니."

고개를 끄덕였다. 정말로 내가 이 아이의 언니인 것처럼.

현관문 밖에서 등을 기대고 서서 두 손을 펼쳐 보았다. 피부가 통째로 사라지려 했다. 문 너머에서 큰 기침 소리가 들렸다. 그리고 무언가를 힘겹게 토해 내는 소리가 반복됐다. 현관문을 잡고 다시 열려고 했지만 열리지 않았다. 집주인 아주머니에게 연주를 도와 달라고 외쳤으나 목소리는 시간의 뜻에 저항하지 못했다. 문을 두드리고 발을 동동 굴러도 아무런 일이 벌어지지 않았다.

눈을 뜨니 마땅히 있어야 하는 시간으로 돌아와 있었다. 과거를 여행했고, 바라던 대로 현재로 되돌아왔다. 온몸의 감각이

명징했으며 머리에도 아무런 이상이 없었다. 성공시키고 싶었던 것을 성공시켰다. 그러나 기쁨을 누릴 때가 아니었다. 수레바퀴를 다시 굴렸다. 굴리고 또 굴렸다. 힘이 조절되지 않을 정도로 다급했다. 수레바퀴는 망가지더니 더 이상 작동하지 않았다. 조급함은 높은 확률로 좌절에 닿기 마련이었다.

정신을 차려 보니 휴대폰이 울리고 있었다.

"학생, 보증금 차액은 언제 넣어 줄 거예요?"

"차액이요?"

"1500만 원 마저 넣어 줘야지. 500만 원만 선입했잖아."

"보증금 500만 원 아니었나요?"

"이 아가씨가 꿈을 꿨나. 2000만 원이지 무슨 소리야."

아주머니는 행운빌라 101호의 계약 조건은 보증금 2000만 원에 월 50만 원이라고 강조했다. 위치가 좋은 집이라 수요자들이 많으니 한 푼도 깎아 주지 못한다는 선언은 덤이었다. 그 목소리는 내가 기억하던 것보다 훨씬 더 당당했다.

"귀신 나오는 집이라 저렴하게 내놓지 않았나요?"

"얼렐레. 무서운 소리를 다 하네."

휴대폰으로 내가 보고 있던 유튜브 영상을 계속 재생했다. 여전히 과거의 사건에 대한 이야기가 나오고 있었다. 많은 사람이 죽었고, 또 많은 사람이 아팠다더라. 분명 현재에는 아무것도 바뀐 게 없는데 뭔가는 바뀌어 있었다.

빌라의 작은 마당에는 노을이 가득했다. 하늘로 날아가기 전 꽃을 가슴에 새기려는 듯 나비 한 마리가 화단에서 나풀거렸다. 그 나비가 내려앉은 곳에는 떠나간 이가 심어 놓은 노란 유채가 잔뜩 꽃피어 있었다.

시간은 참으로 원이었다. 인간의 힘으로 자르지도, 부수지도 못하는 원. 하지만 겹쳐지고 중첩되며, 또 찌그러지고 펴지기를 반복하며 우주에 영원히 새겨지는 원. 그렇다면 기다림도 원이었다. 등을 돌리고 다른 차원으로 나아가도 돌고 돌아 다시 한 점에서 만나게 되니까.

이유 없는 결과는 존재하지 않고 우리가 그것을 바꿀 수 없다 해도 과정만큼은 변했다. 그 막연한 사실은, 만나야 할 존재는 반드시 만나게 되는 이 순간으로 증명되었다.

누군가의 온기가 남은 사탕을 까서 입속 가득 굴렸다. 화단에서 나를 기다려 준 나비에게 남기는 작별이 달길 바랐다.

"안녕, 연주야."

엮은이의 말

이토록 다른,

무한한 가능성

'문학동네청소년 ex' 소설은 우리 사회가 규정한 '표준'과 '정상성'을 질문하기 위해 만들어졌습니다. 표준과 정상은 '보편' 혹은 '마땅함'이라는 이름으로 우리의 일상을 구축합니다. 그러니까 표준과 정상은 우리 사회, 즉 시스템이 운영되는 방식이자 그 시스템 안에서 살아가는 우리 자신이기도 합니다. 시스템 안에서 태어나 배우고 자란 우리는 시스템의 눈, 즉 표준과 정상의 눈으로 자신과 세상을 바라봅니다. '모난 돌이 정 맞는다'는 오랜 속담이 '나서지 말아라.'('나대지 마.'라고도 표현하죠. ^^) 혹은 '시키는 대로 해라.'로 여전히 통용되는 이유도 우리가 표준과 정상을 내면화하고 있다는 증거입니다.

아이보다는 어른이 표준이고 학생보다는 선생님이 표준입니다. 장애인보다는 비장애인이 표준이고 여성보다는 남성이 표준에 가깝습니다. 그래서 표준과 정상이라는 울타리 바깥에 있다는 건 뭔가 부족하다는 뜻으로 여겨집니다. 부족하고 아직 도달하지 못했기(未達) 때문에 '그들'에게는 힘과 권위, 목소리가 주어지지 않습니다. '우리'가 생각해 봐야 할 것은 그들이 부족해서 힘과 목소리가 주어지지 않는 것인지, 아니면 힘과 목소리가 주어지지 않아서 계속 미달의 영역에 남아 있도록 강제되는지입니다. 아이는 자라서 어른이 되지만, 장애인과 여성은 어떻게 해야 하는 걸까요? '장애라는 시련'을 극복하고 비장애인을 뛰어넘는 소위 '위대한' 장애인이 되면 문제가 해결될까요? 그리고 아이가 자라서 어른이 되면, 정말 완성되는 걸까요?

ex 소설은 우리 시스템과 어느새 시스템 자체가 되어 버린 우리의 근저에 있는 보편과 정상의 견고함을 의심하고 뒤흔들고자 합니다. 과연 무엇이 정상이고 무엇이 비정상인가. 표준과 보편이라는 개념은 늘 옳은가. ex 소설은 이 화두를 위해 장르문학과 손을 잡았습니다. 장르문학은 오랫동안 이른바 '순수문학'과 비교되며 문학성을 두고 논란을 빚었지만, 지금 장르문학의 문학성을 의심하는 사람은 많지 않습니다. 문학성이라는 가치를 담아내는 방식과 내용이 시대에 따라 변했기 때문입니다. 어쩌면 장르문학의 유동성과 위상 변화는 그 자체로 ex 소설이 품은 질문에 대한 응답인지도 모릅니다. 보지 못한, 그래서 알지 못하는 세계와 타자의 가능성을 펼쳐 보이는 것(SF), 당연히 잘 알고 있다고 여긴 대상의 낯선 이면을 들여다보는 것(호러), 여성의 욕망을 긍정하는 것(로맨스), 그리하여 변방과 중앙의 격차와 경계를 무화하는 것이 장르문학이 해 온 일이니까요.

ex 소설은 청소년 당사자성을 구체화하고자 합니다. 청소년은 주류와 중심에서 배제된 대표적인 주체입니다. 아직 어른이 되지 못했다는 이유만으로 그들의 목소리와 욕망은 당연하게 억압되고 유예됩니다. 여기에 여성 청소년이라면 한 걸음 더, LGBT 청소년이라면 또 한 걸음 더, 이주민 청소년이라면 한 걸음 더, 장애를 가진 청소년이라면 또 한 걸음 더 뒤로 물러나게 됩니다. 우리 사회가 규정한 보편과 정상의 범주에 맞춤하지 않기 때문입니다. 하지만 청소년은 그 존재 자체로 보편과 마땅함이라는 규율에 지속적으로 문제 제기를 해 왔습니다. ex 소설은 이들의 주체성과 개인성을 묵과하지 않으려 합니다. 청소년이 어떤 상징이나 전형으로 환원되지 않는 이야기, 자신과 타자의 개별성과 독자성을 확인하는 이야기를 담고자 합니다.

두 번째 ex 소설도 SF입니다. SF는 지금 이곳의 '당연함'을 가장 낯설고 새로운 방식으로 질문합니다. SF가 그리는 외계 생명체나 UFO, 시간 여행 등은 단순한 재미를 넘어, 너무나 당연해서 의심하지 않았던 '정상'이라는 개념을 새롭게 돌아보게 합니다. 특정한 형태의 삶, 특정한 형태의 인종, 특정한 형태의 아름다움과 지식이 모두가 도달해야 할 표준과 기준이 아니라, 말 그대로 '특정한' 한 가지의 형식에 불과하며 우리는 각자의 아름다움과 가치를 지닌 다양하고 '다른' 존재라고 말하는 게 SF입니다.

문이소의 「지구살이 한국편 투두리스트」는 화성인의 지구 방문기입니다. 소설에서 진 화성인 1세대, 일명 '쩐'으로 불리는 이들은 화성 테라포밍을 성공시킨 개척자 세대의 유전자를 결합해 탄생했습니다. 유전자 선별 출생의 성과로 외모부터 능력까지 그야말로 완전무결한 "우주적 엘리트"입니다. 그중 '고요한 밤의 미소'라는 별칭을 가진 우아한 이세 한 로이가 지구의 학업 중단 청소년 희수를 만나면 어떤 일이 벌어질까요? 둘이 벌이는 전혀 고요하지도 우아하지도 않은 일들은, 다름을 줄 세우는 우리의 삶의 방식을 돌아보게 합니다.

김정혜진의 「해리의 링링은 반짝인다」는 초연결 기술시대를 사는 해리의 이야기입니다. 관자놀이에 붙인 링링으로 출석부터 결제까지 모든 일을 하는 편리한 시대. 그런데 링링이 갑자기 작동하지 않는다면? 버스도 탈 수 없고, 급식도 먹을 수 없고, 학교 수업에서도 불이익이 생깁니다. 대부분 링링 나인을 쓰는데 혼자 링링에잇을 쓰기 때문에 시스템에서 튕겨져 나가는 해리를 아무도 이해해 주지 않습니다. 해리가 처한 어려움은 개인의 능력 여부가 아니라 경제력 차이가 불러온 기술 소외인데도 말이죠.

길상효의 「김누아의 가설」은 동면종 혹은 하이버넌트라고 불리는, 전 세계 인구 중 0.003퍼센트에 속하는 누아의 이야기입니다. 동면, 단어 그대로 겨울잠을 자는 누아는 "내가 동면종이라는 사실"에서 자유롭지 못합니다. 동면이라는 자신의 존재 조건을 "저주"로 생각하고 "억울"해했던 누아가 "나는 동면종이라고, 내가 할 수 있는 최선은 너희의 최선과 다르다고" 말하기까지의 과정은 잔잔한

감동과 경이감을 줍니다.

청예의 「유채 곁에 피는 원」은 과학인재 실기전형으로 입시를 준비하는 연희가 타임머신을 만들어 2년 전 호흡기 감염병으로 죽은 연주를 만나는 이야기입니다. 타임머신으로 수없이 과거로 돌아갈 수 있다 해도, 시간이 선형이 아닌 원형이라 해도, 과거를 바꿀 수 없다는 절대 법칙은, 최선을 다해도 반대로 나오는 결과 앞에 무력해지곤 하는 우리의 삶과 비슷합니다. 그럼에도 연희는 곰팡이가 핀 벽을 닦고, 연주를 어떻게든 집 밖으로 데리고 나가려 안간힘을 씁니다. 이러한 연희의 노력은 홀로 피었다 스러져 버린 작은 유채꽃(연주) 곁에 원(연희)이 피어난 찰나가 어떤 다정한 결과를 만들어 내는지 보여 줍니다.

이 책에 실린 네 편의 소설은 공교롭게도 '다름'에서 시작합니다. 화성인과 지구인(「지구살이 한국편 투두리스트」), 인간과 까마귀(「해리의 링링은 반짝인다」), 동면(죽음)과 비동면(삶)(「김누아의 가설」), 산 자와 죽은 자(「유채 곁에 피는 원」). 마치 '이보다 더 다를 수 있는 게 있을까?'를 묻는 듯, 소설에 등장하는 주체들은 대립적입니다. 하지만 이 다름은 갈등과 파국 대신 타자와 자신을 향한 앎과 다름에 대한 포용으로 나아가고, 이것이 우리에게 무한한 가능성을 열어 준다는 점은 특기할 만하죠.

인류의 우주적 번영을 위해 선별에 선별을 거듭해 만든 신인류 이세가 "나에게는 '나'라고, '내 것'이라고 할 게 없어." "몸도 생각도 꿈도 희망도 다 타인이 계획한 것"이야. 라고 말할 때 그 마음은 어 땠을까요. 아직도 완벽해 보이는 이세의 삶이 부러운가요? 해리를 위해 온갖 반짝이는 것을 모은 해리투. "나, 해리 너는 좋아해. 그 래서 반짝이는 걸 주고 싶었어."라고 말하는 해리투의 마음에 어떤 이름을 붙일 수 있을까. 링링이 고장 나 숱한 어려움을 겪고 까 마귀에게 링링을 도둑맞기까지 한 해리의 불운은 결국 인간과 동 물이 이야기를 나누고 서로의 시공간을 체험하게 되는 놀라운 결 과를 안겨 줍니다. 어쩌면 불운이나 불행은 행운이나 행복의 또 다 른 이름인지도 모릅니다. "자신이 가족과 살지 않는"다는 사실을 동네 사람 모두가 알고, "모두가 학교에 있을 때 그 어디에도 없는" 연주의 마음은 어떤 것일까요. 자기 이야기를 하기 어려워, 자신을 제외한 온 세상의 이야기를 꺼내는 사람의 마음은 어떤 모양일까 요. 어떻게 해도 연주의 결과가 바뀌지 않을 것을 알면서도 타임 머신을 망가질 때까지 돌린 연희의 마음은 무슨 빛깔이었을까요.

그럼에도 불구하고 아무것도 바꾸지 못하고 끝날 수도 있 습니다. 하지만 이것은 충분히 가치 있는 일입니다. 오늘의 우 리는 어제의 진실에 다가가기 위해 애쓸 의무가 있기 때문입니 다. 「김누아의 가설」 중에서

맞아요. 우리는 모릅니다. 우리는 타인을 알 수 없습니다. 우리는

나 자신도 잘 모릅니다. 우리의 최선은 아무 열매도 맺지 못할 수 있습니다. 그래도 오늘의 우리는 어제의 진실에 다가가기 위해, 나의 무지를 앎으로 전환하기 위해 애쓸 의무가 있습니다. 앎만이 인간을 인간답게 만들어 주기 때문입니다. 앎만이 죽음을 각오한 동면을 두고 "오, 나도 처자면서 꿀 빨고 싶다."라고 말하는 무섭고 끔찍한 일에서 우리를 벗어나게 해 줄 수 있기 때문입니다.

앎은 유동적이고 상대적이므로 우리의 앎은 언제나 모름을 전제해야 합니다. 내가 알고 있는 사실이 유일한 진실이 아님을, 단 하나의 표준이 아님을 아는 앎. 그것이 이 소설들이 말하는 앎의 모습입니다. 네 편의 소설이 보여 주는 이토록 다른 삶과 그 다름이 만나 펼쳐지는 놀라운 가능성은 우리에게 오늘을 살아가야 하는 이유를 말해 줍니다. 그리고 '아직' 모른다는 것이 얼마나 아름답고 힘찬 가능성으로 가득한 말인지 알려 줍니다. 그러니 우리는 포기하지 않고 나아가야 합니다. 타자를 향한 앎을 향해, 나를 향한 앎을 향해, 섣부르게 판단하고 선언하는 대신 한 발 한 발 천천히 조심스럽게 나아가야 합니다. '시간은 원이고, 인간의 힘으로 자르지도 부수지도 못하지만, 우리가 그것을 바꿀 수 없다 해도 과정만큼은 변할 수 있'기 때문입니다. 유채 곁에 핀 작은 원, 그 가능성이 저와 여러분의 삶 속에 언제나 함께하기를 바랍니다.

2025년 2월 엮은이 송수연